御我 著

御

【生平描述】

住在姜子牙對門，喜歡宅在家裡的作家一名，不知是寫作寫得走火入魔，或者純粹懶得做家事，於是以書中的管家角色為藍本召喚出幻妖，喜歡把召出的管家和金髮男子說是自己的孩子。

生平最愛：宅在家裡
生平最恨：出門
又愛又恨：世界
專屬武器：武士刀

「預測指數一覽表」
戰鬥指數：60
體質指數：50
輔助指數：80

言

九歌書店老闆的兒子，目前還在念小學，
一直被姜子牙認為是九歌真正的幕後大老闆，
個性較一般小學生來得成熟穩重，
照姜子牙的原話：也比他父親傅太一來得成熟穩重。

傅君

生平最愛：傅太一
生平最恨：魔
又愛又恨：冷雲
專屬武器：言靈

「預測指數一覽表
戰鬥指數：8
體質指數：3
輔助指數：6

御書

暗

管家

【生平描述】

以御書某部小說中的角色為原型而召喚出來的幻妖，種族為吸血鬼，但職業很奇特的是個管家，

最愛：名字
最恨：永遠看不清的出身小說
次恨：御書
武器：自身

「預測指數一覽表」
戰鬥指數：90
體質指數：80
輔助指數：10

三日月

三日月

御我
作品集
FXO1002
幻·虛·眞
人娃契
御我 著
九月紫 繪

幻·虛·眞

人娃劫大

目錄

楔子

「以後你就叫做管庭，是管家的弟弟，懂了嗎？」

我就是睜著眼睛說瞎話。

眼前的金髮男子明顯有雙藍色眼睛，但管家卻是黑髮綠眸，橫看、豎看，這兩人簡直是史上最不像的兄弟檔！唯一的共同點，大概就是他們的穿著都莫名地非常正式。

管家是襯衫、領結、小背心。

而金髮的那隻挑來揀去，卻硬是要買那一身華麗無雙的白色神父袍，雖然只是娃娃的衣服幻化而成，但，還是貴得我那個肉痛啊！

這年頭真是人不如娃。

天知道！我自己身上都只穿著三百九的背心呢！

話又說回來，就算忽略掉服裝的「搶眼度」不計，這兩個傢伙的外表看起來就不像是純正東方人，管家勉強還能說是混血兒，但，金髮男子卻完全是個外國人。

還好台灣的外國人不少，最多胡說他們是同父異母的兄弟，反正需要解釋的機會應該也不多，而最有可能需要解釋的對象頂多也就是對門的鄰居，不過，姜玉是個好騙的傢伙，一點也不用擔心，而她老公……根本神出鬼沒、只聞其名不見其人，不重要！

至於姜子牙……忽略不計。

他那雙「真實之眼」，一看就能發覺金髮男子「非人哉」。

我抿了口管家送上的咖啡，腦子裡的思緒因為連日開夜車趕稿些許呈現出魂飄狀態。

而一聽到自己的名字，金髮男子十分乾脆地翻桌，怒了。

「管庭？這是什麼爛名字！換一個！」

「比你哥的名字好多了，我本來想叫你『管里元』，哥哥是管家，弟弟是管理員，多搭配啊！想換是吧？那好，管庭和管里元，你自己選一個。」

說完，我還真有點擔心這傢伙會選「管里元」。最近他特愛鬧彆扭，專門照我說的話反著幹，害我要他走卻得說不許走，不准他走要喊你快走，真不知道這是什麼彆扭的傢伙！

「那傢伙不是我哥。」金髮男子……哎，該改口叫管庭了，臉色陰晴不定地看向站在一旁的管家，打從發現管家成「虛」以後本來就不怎麼樣的態度，又更差了。

「憑什麼我就要當弟弟！」

居然是在計較長幼嗎？

我有點鬆了口氣，還以為管庭不肯認管家是兄弟，那事情就麻煩多了……

雖然，他們兩人也不一定要當兄弟，畢竟其他人就算養了兩個以上的「幻」，也沒有在當兄弟姊妹的，只是我私心期望管家和管庭可以當一對好兄弟，這或多或少可以紓解管庭想要同伴的心情。

「因為管家比較早出生，而且他在書裡已經有一百五十幾歲了，你就這麼二十多歲，連人家的零頭都沒有，爭什麼？」

話說完，我本來還等著管庭繼續爭辯，但他卻一臉陰沉地坐在沙發上，過了好一陣子，就在我失去耐性不想再理他的時候，他才終於開口問：「妳為什麼先創造他？」

我理直氣壯地說：「因為他會幫我打掃煮飯泡咖啡啊！你要代替他嗎？」

「……妳這個超級懶女人！」管庭嘴上罵著，但表情卻緩和了許多。

這傢伙真的有夠愛計較！我有點無奈，這個性怎麼會歪成這樣呢？在書中，管庭可是很愛護兄弟的人，現在倒是凡事都要和管家比，幸好不論管庭怎麼冷嘲熱諷，管家都只會面帶微笑不理他，一個巴掌拍不響，最後管庭都是摸摸鼻子自討沒趣。

當然，所謂的常態之外總有例外。

「主人。」管家開口說：「我已成虛，有能力獨自收拾對門的器妖，不需要管庭出手，您可以收回他寄宿的娃體。」

「你！」管庭猛然站了起來。

我看了管家一眼，他這是故意氣管庭的嗎？這管家越來越難以捉摸了。

這兩人真有辦法當一對好兄弟嗎？或許這根本是我的奢望。

「好了，兩個都別鬧，那器妖身邊還有個實力不明的『真』，你們以為她是好對付的？」

我當然不會收回管庭的寄宿體。

對門鄰居的狀況越來越複雜了，竟然在我沒有察覺的狀況下，無聲無息地出現了個「真」，就算姜玉加上姜子牙都有「喚名能力」，真的就能在短短時間內弄出一個「真」來嗎？

而且，比起那個器妖，有別的事情更讓我感到不安。對門鄰居的那灘水，或許遠比我想像得更深。

我竟想不起來他們是在什麼時候搬來對面住。

「管庭，你最近別回去自己的界，在外頭學習掌控好你的寄宿體，看能不能發揮一點能力出來。」

即使這麼說，我也不抱太大期望。

幻妖的能力非常低微，尤其是在界以外的現實中，即使得到寄宿體，也就只能泡泡咖啡了。

但管庭在書中的能力比較獨特，或許真能有點用也說不定，所以我還是有點期待的，不過真正仰賴的對象還是已成「虛」的管家。

「管家，我上次給你看的那堆吸血鬼電影有用嗎？能用得出電影裡的能力嗎？」

管家微微一笑，神色難得有點得意，卻仍恭敬的回答：「一定讓您滿意。」

我更擔心了。

吸血鬼這種族，就不要在我手上成了真啊！

CH.1
忙碌的傷患

節之一・失蹤的同學

呼呼……呼……

他不停地跑，喘得上氣不接下氣，但始終甩不掉背後緊追不捨的東西。

完全不懂到底怎麼招惹上這種東西，自己只是照平常那樣放學回家而已，唯一的不同就是今天沒有和同學一起回家。

對方說要去探病，所以提早被父親接走了。

難得落單的他只好一個人回家，又因為太過無聊，索性就抄了捷徑。

這條捷徑不過就是直接穿過一條小巷，少走一個大彎，而且小巷並不偏僻，走過去時還可以聽見別人家裡的說話聲，他以前也曾經和同學走過幾次，只是同學很不喜歡走這裡，所以他們很少抄捷徑。

這次一走進小巷，他就覺得有種怪異的情緒浮上來，但是左看右看也沒有什麼異狀，天色都還亮著，小巷裡面也並不陰暗，沒有什麼不對勁的地方……

只是一個停頓，他就走了進去。

剛開始，他還有閒情逸致想著等等要不要跟媽媽要求明天去同學家玩，可呆呆地走了幾分鐘後，他終於發覺不對了。

……怎麼還沒走出去？

他不安地抬頭一看，巷子口已經不遠了，連忙加快腳步。

可那個明亮的出口看起來明明只有幾十公尺遠，他卻怎麼樣也走不到那裡，他心裡一急，忍不住開始跑起來，若是平時，這幾十公尺頂多十來秒就跑完了，但他至少跑了三分鐘，那個出口的距離卻一點都沒有改變，還是那麼幾十公尺遠，他簡直像是在原地跑步。

他真的慌了，不知道為什麼會這個樣子，眼睛直盯著巷子口，腳下不斷奔跑，越跑越快，越跑越是心慌，終於忍不住哽咽一聲哭了出來。

就這麼邊哭邊跑好一陣子，他喘得哪怕再害怕也跑不下去，不得不停下腳步，滿腔疑惑地左右張望，希望可以看出哪裡不對，但又害怕真的會看見什麼……

然而他既沒有看見任何東西，也沒有聽見一絲聲音……等等！怎麼會沒有聲音?!

平常可以聽見別人家說話的聲音哪去了？

他終於明白一走進巷子，那股怪異的感覺是怎麼來的了。

這裡太安靜了。

眼淚不停流下來，他嚇得六神無主，站在原地不知該怎麼辦，好一陣子後才抹抹眼淚，朝前後方看了一下，前方的巷子口其實要近得多，但是怎麼跑也跑不出去，他只好走回頭路。

就是在這時，他看見了那個東西。

那東西站在入口，一看見他就咧開嘴笑，像是發現獵物般興奮地猛追上來。

他只能不停地跑、不停地跑，面前卻是永遠到不了的巷子口，心裡充斥著恐懼，就算喘到上氣不接下氣，他也不敢停下腳步，只能一直跑、一直跑……

「小君，救我——」

☾ ☾ ☾

痛……

傅君皺眉看著手上的傷口。

「怎麼削個蘋果也會弄傷手！」

傅太一連忙抽一張面紙遞了過去，「要不要包紮一下？反正我們剛好在醫院嘛！」

傅君接過面紙，卻搖著頭說：「不用了，只是小割傷，壓一下應該就不會流血了。」

「來，貼個ＯＫ蹦。」

姜子牙遞上ＯＫ蹦，雖然只有單手可以用，但他的動作還是靈活得很，一下就從床邊的背包拿出ＯＫ蹦來，這讓他自己很滿意，看來很快就可以回學校上課，也能去書店打工了。

傅君面無表情的看著那個充滿小花圖案的ＯＫ蹦，遲遲沒有接過來，反倒是傅太一欣喜地拿過來就朝兒子手指頭上貼，還誇獎地說：「唉唷，這ＯＫ蹦還真可愛，讓人有點捨不得用。」

「呃，這是路揚給我的，他說我身上七七八八的傷口那麼多，應該會用到。」姜子牙覺得自己有必要解釋一下，傅君臉上的表情好像在指控他什麼似的。

但這解釋似乎也沒有比較好，傅君更「認真」地揪著小臉，看起來就像是在心裡控訴某人。

「聽說是他學妹送的。」他又補了一句，免得傅君下次會當面用這種指控的眼神看著路揚。

「原來是學妹啊！」傅太一立刻意味深長地笑了起來，還挺八卦地追問：「你看過那個學妹嗎？是個好女孩子吧？」

姜子牙只好再次解釋：「路揚有二十幾個學妹，我不知道是哪一個給的。」

「什麼？二十幾個？」傅太一激動得直從椅子上站起來，「這實在花心得太誇張了！小揚怎麼可以這樣！不行，我得好好說說他，不要辜負這麼多女孩子。」

呃……這解釋似乎還是沒有比較好。

姜子牙啞口了片刻決定放棄路揚的名譽了。

反正，他根本沒有多少那種東西。

「哪可能真的二十幾個……」傅君沒好氣地對暴走的自家父親說：「只是學妹而已，路揚哥又沒有女朋友。」

聞言，傅太一才總算消停了，但還是十分介意的說：「還是得唸唸他，不然遲早會變成花心大少。」

姜子牙頗為認同。從高中時代起，路揚確實總是和一堆女生有聯繫，雖然沒見過他交女朋友。本來，他還覺得有點奇怪，不過現在倒是比較能理解了，大概就是忙著拿「剔」到處去打妖魔鬼怪，根本沒時間交女朋友吧。

削好一盤蘋果，傅君認真地拿到姜子牙伸手就能拿到的桌面，然後扭頭說：「子牙哥，吃蘋果。」

「謝了。」姜子牙戳起一片蘋果來，雖然覺得傅君實在是個不可多得的好孩子，不過他就是感覺有點彆扭。

這對父子，他們還真是來探病的？

難道沒有別的打算嗎？像是解釋一下那通救了他的電話到底是怎麼回事啊？從他們進來那時開始，姜子牙就開始緊張，怎麼想都覺得傅太一和傅君不可能是普通人，看起來比路揚還不對勁！

路揚至少拿著把劍，卻還是打輸被銬在頂樓欄杆，弄得兩隻手腕到現在還包得像套著兩個甜甜圈，但這兩人可是打通電話過來就救下他們。

這逆差實在太沒天理，姜子牙都為路揚不值了。

「老闆，你不覺得有什麼事情要跟我解釋嗎？」姜子牙還是沉不住氣了，自己發問比較快！

傅太一「啊」了一聲說：「確實沒錯。」

姜子牙又緊張起來了，這老闆和傅君的真實身分到底是什麼呢？

當他和路揚在頂樓遇險的時候，一通電話救了他們，雖然有聽見說話的聲音，但那聲音卻帶著如在山岳間迴盪的空靈，聽起來不是正常的音色，當然也聽不出來到底是傅君或者傅太一的聲音，但總之和傅家父子肯定有關係就是了。

當時是傅君說要打電話來，照理說那人應該是傅君，但對方還是個小學生呢！被個小學生拯救，實在太打擊人了，所以姜子牙比較傾向那是傅太一——不過看看老闆那副樣子，還真不如是傅君呢！

姜子牙正緊張等待自己的「救命恩人」揭曉的時候，傅太一卻拿出一個信封袋遞給他，這可讓人滿頭霧水了，該不會是什麼法寶吧？

他狐疑地接過手、打開來，裡面卻是一疊鈔票。

「……」現在也不是發薪水的時候吧？

姜子牙不解地看向老闆，就算看見裡頭裝的是道符咒，都不會這麼愕然。

傅太一咳了一聲，說：「你突然住了院，肯定需要一點醫藥費，雖然健保給付不少，不過還是多少得負擔一些，再買些補品好好補一下。」

姜子牙有些說不出話來，姜玉最近確實天天燉補品來，什麼補血補氣的中藥湯從沒斷過，也不知道家裡的經濟狀況怎麼樣了，這錢是必須收的。

「謝謝。」他堅持的說：「就當我向老闆你預支薪水吧，記得扣錢。」

傅太一聽了，搔了搔頭說：「別這麼計較嘛！我跟你父親是認識多年的好友，他也幫過我的忙，現在只是還個人情罷了。」

「……您今年到底貴庚？」

傅太一打著哈哈說：「哎呀，隱瞞年齡是男人的浪漫啦！」

「老闆你真的認識我爸？」姜子牙有點不敢相信的問：「為什麼之前都沒跟我說過？」

回想起當初遇見老闆的狀況，那是在一個下雨天，姜子牙正在找打工，因為還要聯考的關係，所以工時沒辦法太長，也只能在下課後上班，這樣的工作當然不好找，他找了許久都沒什麼下文。

但還是必須要繼續找下去，那時家裡的經濟狀況太差，之後還要負擔他的大學學費，雖然姊夫堅持要他上大學，還保證會供應他念書，就算要念碩士、博士都沒問題。

姜子牙卻沒辦法看著姊夫忙得快沒時間睡覺，就連姊姊也有家務事要做，只有他自己快活地去學校上課，回家就只要念書。

「要不要來我的書店打工呢？」

老闆就是在那時候出現的。

一開始，他還以為對方是什麼推銷員，正想回應「我什麼都不缺就缺錢」時，老闆一比他手上的求職報紙，十分有把握的問：「你好像在找工作吧？我有份工作你要不要？」

這聽起來像是誘拐的開場白，但姜子牙就是沒法拒絕，他又是個身體強健的高中生，也不是女孩子，小心一點別亂吃東西應該不會出事。

然後他就跟著老闆走了，回到書店就看見正在獨自顧店的傅君，一看見有孩子，姜子牙的戒心就消失了，什麼別亂吃東西也忘光，老闆端來的可樂也照喝下去。

現在想想，幸好老闆真的不是壞人，不然自己應該不知道被賣去世界哪個角落挖礦了吧。

「你爸托我多看著你們姊弟倆。」傅太一微微笑著說：「我不說是你爸交代的，是因為他很不好意思沒能好好照顧你們，還得託付朋友，實在沒臉說。」

那個老爸還知道臉?!

姜子牙沉下了臉，追問：「老爸到底在外面做什麼，為什麼都不回家？姊姊在高中和姊夫相戀，事情鬧得那麼大，學校追著要找家長，我們根本不知道去哪裡找老爸，差點要被當作未成年孤兒帶走了。」

傅太一兩手一攤，看來也是不知道，姜子牙就不多問了，那個老爸當初可是以「拜師成仙」這樣的理由離開家，不管是真的還是假的，他都想打爆對方，所以還是別問了，免得氣死自己。

姜子牙拋開對父親的那絲怨氣，不知為何，就算父親是這副德性，他和姜玉這些年來卻還是沒有真正恨過這個老爸，頂多是抱怨，既然都過了這麼多年也不恨，就沒必要這時候再來怨恨父親。

現在比較重要的是傅太一和傅君的身分，姜子牙不想再打哈哈，正想直接開口攤牌的時候，一陣電話鈴聲止住他的話頭。

他看向傅太一，但卻是傅君拿出手機來接聽，十分有禮貌地打招呼，聽起來倒不像是和同學說話，反而有著和師長對話的拘謹。

「沒有耶，謝阿姨，我今天沒跟他一起回家。」傅君乖巧地說：「今天要跟爸爸去醫院探病，所以先走了……嗯？他還沒有回家嗎？好，我看到他會打電話給妳。」

掛斷電話，傅君皺著眉頭說：「平常跟我一起走路回家的同學，好像到現在還沒有回到家，他媽媽打電話問我有沒有看到他。」

「該不會跑到別的地方去玩了？我上次路過一間網咖，門口就有好多年紀很小的孩子逗留。」傅太一不勝唏噓地感嘆。

傅君搖了搖頭說：「培倫他蠻乖的，不會到處亂跑。」

聽到這名字，姜子牙也想起來了。「是那個來過店裡幾次，戴著眼鏡的小男生？」

傅君點了點頭，「他叫謝培倫，是我同班同學。」

傅太一提議：「不如我們回去的時候，順便從學校到他家的路上找找看吧，你們常常一起回家，他如果去了哪裡，你也比較知道。」

「可我們沒去過哪裡，頂多去我們店裡。」傅君咕噥了幾句，但還是點頭同意了。

傅太一打了招呼：「子牙，我們先走了，下次再來看你。」

「快去吧。」姜子牙也有點擔憂了。

印象中，那個小男生很乖巧，個性還有點害羞，但見了人總會打招呼，是個不錯的孩子，確實像傅君說的，下課後不會亂跑才對。

「之後也不要再來，我應該快出院了，你們不要撲空。」

如果可以的話，最好今天就出院，姜子牙覺得沒必要繼續住下去，他的傷也沒誇張到非得繼續住下去。

雖然是槍傷，不過其實子彈算是擦過去而已，若不是他還勉強自己去拉路揚上來，導致傷口裂得更大，又流了不少血，說不定早就被醫生趕出去了。

傅太一點點頭，卻還不放心地交代：「多休息，別太勉強自己。」

姜子牙有些彆扭地說了「好」，剛得知對方和自己父親是熟識，這讓傅太一突然變成長輩，這感覺還真是說不出的怪異。

送走兩個訪客後，姜子牙才想起來自己居然什麼也沒問出來。
無奈之餘，只好拿起外文書來看，想抓緊時間看點書，免得學業落後了，他還想申請幾個獎學金，所以名次不能掉下來。
更何況專心念書還有一個好處——可以努力忽略周遭的異狀。
例如蹲在角落的那個背影，剛開始瞄見時，姜子牙就連一眼都不敢再拋過去，他還得在這間病房住上個三五天，若是被纏上，後果真不堪設想。
而且他也不想再看了，雖然只是瞥見一眼，看得不是很仔細，但那個背影上的紅色血漬卻十分觸目驚心，想假裝自己沒看清楚都不成。
……還是低頭看書吧。
隔壁床突然開始有吵雜聲，姜子牙剛開始還不以為意，他向來能夠抓緊時間在任何地方念書，這點吵鬧聲根本不算什麼。
想不到這吵雜聲漸大，因為隔壁拉起掛簾，姜子牙看不見裡面的情況，但卻免不了得聽見，像是在吵架。
吵得有點誇張了。
姜子牙都不禁抬眼看了一下，這是四人病房，但只住了三個人，隔壁拉起掛簾的病患是個中年男人，似乎是出了車禍撞斷腳，他的妻子常常過來看他。

對床則是個老人家，也不知道是什麼病，大多時間都是看護在守著。

這幾天都是姜子牙這床最熱鬧，姊姊不用說是天天來的，姊夫有時下班也會繞過來，兩個小女孩當然也會跟著過來。

剛住院那時，因為槍傷的關係，還有警察過來查探，只是路揚打了通電話給某位熟識的警察，然後就把對方打發走了。

姜子牙覺得自己根本不認識路揚這傢伙了。

基於自己這幾天都很吵，姜子牙決定不理會隔壁床的吵鬧，努力充耳不聞，雖然實在很難，這吵架聲可能連隔壁房間都聽得見。

「我弟弟都不見了，你還要我一直待在這裡照顧你！」

「我是妳丈夫，妳不照顧我照顧誰！妳娘家的事情叫妳娘家人去處理啊！」

姜子牙眉頭一揚，頓時覺得自家姊姊真挑了個好丈夫，要是他這個弟弟不見了，姊夫肯定急著幫忙到處找，而不是叫她娘家人自己去處理。

「我又不是沒照顧你。」女方氣得大叫：「就離開一下去幫忙打聽也不行嗎？」

「妳走了，我他媽的怎麼去上廁所，妳要憋死我啊！」

「讓你兄弟來幫個忙，那麼多人就沒人主動來幫個忙，就叫你平常別跟家裡人那麼計較，這下好啦，出事都沒人理！」

「妳說什麼！我計較的時候妳也高興得很，現在才來說這些……」

聽到這裡，那對夫妻幾乎是嘶吼和尖叫，姜子牙覺得實在無奈了，對床的看護好奇地瞪大眼看著掛簾，聽得不亦樂乎，卻不打算做什麼。

眼見病房門口開始有人探頭探腦，姜子牙只好按下床頭的呼叫鈴，護士很快就到了，她瞪大眼，都不用開口問姜子牙怎麼了，就聽到隔壁床傳來咆嘯聲。

「妳就給我待在這裡，不然我揍死妳！」

「你敢！」

若不是男人腳斷了，估計現在已經在上演全武行。

護士連忙進入掛簾內勸阻：「別吵了，這裡是醫院呢！」

被護士這麼一勸阻，雖然兩人還是不停鬥嘴，但倒是不敢再大聲說話，大概已經發現自己鬧了多大笑話。

護士走出來時，無奈地對姜子牙笑了笑。

他連忙趁機問：「護士小姐，我什麼時候可以出院？」

護士安撫的說：「我想等明天讓醫生檢查一下就可以了，你的傷口恢復得很好，沒什麼大礙，就是血流得多了點，多吃點補血的……啊！我想也不用提醒了，你的姊姊倒是準備得挺好的。」

姜子牙立刻狂點頭，他家姊姊確實好得沒話說了。

「哥哥！」

兩個小女娃衝進病房來，護士立刻雙眼發亮，江姜和江雪這一對可愛的雙胞胎最近在醫院可是有名得很，每到傍晚，護士都愛來這間病房轉轉，看看能不能遇上可愛的雙胞胎小妹妹。

平時兩個小姊妹倒也乖乖的讓護士小姐摸摸抱抱，這可是媽媽交代過的事情，讓護士們喜歡她們，說不定會對哥哥好一點。

但這一次，小雪卻躲開護士小姐，直撲向床上的姜子牙，只有江姜乖巧地讓護士小姐摸摸頭。

姜子牙抱著小雪，發現對方的身體竟在發抖，不解的問：「怎麼了？」

小雪一震，卻不說話。

姜玉跟在後方走進來，擔憂的說：「也不知道怎麼了，小雪今天一步也不肯離開我，連我要上個廁所，她都非得跟進去不可。」

姜子牙一聽就知道肯定有什麼問題，他家的小女孩就沒一個正常的，會膩著媽媽寸步不離，絕對是一離開就會出事。

只是姜玉在這裡，小雪卻是不好開口說明。

「姊，我剛剛一直很想吃洋芋片，妳能幫我去樓下超商買一下嗎？」

「我給你帶了晚餐，別吃零食吧。」姜玉不太贊同的說。

「我晚上要吃的，不是現在。」

姜玉一聽也不說什麼了，放些零食當消夜也好，看小雪還趴在姜子牙身上，她好奇的問：「小雪妳要跟來嗎？」

小雪搖頭說：「我跟哥哥一起就好。」

這倒是整天下來頭一遭小雪肯離開她的身邊，姜玉放心了一些，帶著江姜下樓去買零嘴。

姜子牙低聲問：「怎麼了？」

小雪死死地抱住他，哭著說：「哥哥，家對面的人要殺我！」

節之二・姊夫的工作

對門的人……

姜子牙想到御書說過要燒掉小雪，心就一路往下沉，雖然之前答應過御書，甚至也答應路揚要哄騙小雪出去，但事到如今，他絕對不可能坐視小雪被燒死！

姜子牙拍著小雪的背，說：「別怕，我會保護妳，誰都別想殺掉妳。」

小雪猛然抬起頭來，怔怔地看著姜子牙。

「只是我白天要上學，沒辦法看著妳，也不能帶妳去上學。」姜子牙有點苦惱了，雖然家裡有姜玉在，但是難保御書不會使什麼詐，例如自己把姜玉引開，讓管家偷偷進去把小雪殺死。

小雪雙眼發亮的說：「可以，我可以跟哥哥去上學。」

嗯？姜子牙不解地問：「那姊看不見妳怎麼辦？」

「我可以做一個假的替身放在家裡。」小雪十分愉悅地說：「有江姜在，不會有問題！」

這樣聽起來倒是不錯……才怪！

姜子牙想起了路揚。

看見姜子牙的臉色，小雪怯生生地問：「哥哥不想帶我去上學嗎？」

「不是我不想。」姜子牙苦著臉說：「學校裡有個同學也想對付妳，妳也見過的，就是上次我們去救的那一個。」

想到這，姜子牙就覺得好險，最近路揚似乎很忙，除了開頭有來探過一兩次，其他都是打電話過來關心，這才沒面對面遇上小雪。

小雪嘟起嘴抱怨：「人家去救他，他還要殺掉我嗎？」

是呀，小雪去救過路揚，這能不能讓路揚改變主意不殺小雪呢？姜子牙有點猜不到路揚的想法。

路揚很堅持要除掉小雪，但是姜子牙又覺得對方不是忘恩負義的人，應該不會除掉救命恩人，兩相比較之下，路揚到底會怎麼做呢？

姜子牙覺得頭實在很大，家裡有御書，學校有路揚，明明是鄰居和好友，為什麼他有腹背受敵的感覺？

「小雪妳今天可以待在醫院嗎？像妳剛剛說的，用替身跟姊回去。」

小雪點了點頭，顯得很是高興。

至少先度過今晚吧。姜子牙有點鴕鳥心態的想。

沒多久，姜玉帶著江姜回來了，小雪立刻拉著江姜到一旁去說悄悄話，兩個小女孩這麼做倒是沒引起母親的注意，姜玉正忙著照顧姜子牙，給他盛飯、裝湯，任由兩個小女娃在旁邊自個兒玩去。

「我多買了些麵包給你當消夜，晚上要是餓了別只吃洋芋片，先吃點麵包填肚子。」

姜子牙點頭答應了，反正那原本就是個藉口，其實他也能自己去超商買消夜，不過就是傷了一邊肩膀，導致一隻手行動不太方便，還沒「整組壞去」。

「姊夫今天又加班啊？」

每次姊夫加班，姜子牙就有種自己很廢的感覺，雖然就算姊夫準時下班也常常用電腦工作，但至少有回家，可以見到老婆、女兒。

「他沒打電話回來報備呢！」姜玉遲疑了一下，又不是太在意地說：「可能是知道我會來醫院，所以就不提了。來，吃飯吧。」

把飯菜用小桌子放到姜子牙面前，姜玉又弄了兩碗飯菜給女兒去旁邊的沙發坐著，這才回頭給自己盛一碗飯。

一邊吃，姜子牙一邊隨口找話聊：「姊，妳知道姊夫的工作內容是什麼嗎？」

「老闆的助理啊，什麼都得做的那種，還得幫忙接案子。」

果然自己是太不關心了嗎？居然不知道姊夫是做什麼的。姜子牙有點汗顏。

「是什麼公司的老闆？」他決定好好了解一下姊夫。

姜玉似乎也不太清楚，不怎麼明白地猜測：「可能是裝潢公司吧？常常聽他說要去哪看房子。」

「姊夫沒跟妳詳細說過嗎？」姜子牙有點訝異了，他不知道姊夫的工作也就算了，姊姊可是他老婆啊，怎麼也不知道？

「之前不太敢問，我怕他找的工作不是很好，問了會尷尬，想說等穩定一點，或許他又換了好工作，再來慢慢打聽。」

姜子牙明白了，那時姊夫被迫辭去教職，又得負擔他們姊弟倆，根本不可能好好挑選工作，或許有什麼就做什麼了，姜玉這份心思倒是非常細膩。

「我再過兩年就畢業可以工作了。」姜子牙悶悶地說，他真恨不得現在就能畢業。

姜玉倒是不高興了，橫眉豎目地說：「你老擔心那些幹嘛！你姊夫現在的工作很好，生活根本沒有問題啦，乖乖去念書就好，你姊夫還指望你繼續讀上去呢！」

姜子牙卻不那麼樂觀，家裡還有房貸和兩個小女兒要養，過幾年她們也該上幼稚園了，現在的幼稚園可不是普通的貴。

學生活呢！」

「別擔心。」姜玉憂慮地看著自家弟弟，「我和你姊夫都希望你可以好好過大

「我有啊。」姜子牙由衷的這麼說：「我很認真讀大學，姊妳又不是不知道我功課很好的。」

「我又不是說功課。」姜玉眨了眨眼，說：「你答應我，去參加社團吧。」

這……姜子牙為難的說：「我下課要去九歌打工，沒什麼時間參加社團。」

「找個沒那麼忙的社團也好，多認識一點同學，多出去玩。」

看著姜玉那期盼的目光，姜子牙敗下陣來，只能答應：「好吧，我找找看有沒有時間比較剛好能配合的社團。」

他打定主意要找個有去沒去都沒差的社團掛名，順便拖路揚去好了，有必要的時候，兩個人可以互相打掩護簽到，雖然多半是路揚給他打掩護。

「姊，妳打個電話問姊夫什麼時候下班吧，護士說我明天給醫生檢查一下就可以出院了，讓姊夫來載妳們，順便把這裡的一些東西帶回去，明天我再自己回家就好了。」

姜玉應了聲「好」，立刻就撥了電話，但是卻遲遲沒有接通，她皺了皺眉頭。

姜子牙有些訝異地問：「沒接嗎？」

雖然姊夫工作忙碌，但似乎不是不能接電話的工作，所以很少有找不到他的情況。

「再等等好了，或許在開會什麼的。」姜玉有些迷惘的說。她從沒遇過這情況，江其兵既沒有打電話回家說要加班，聯絡又找不到人。

姜子牙連忙點頭應和。

沒想到這一等就等到過了八點，卻還是連絡不到人，若是手機關機也就罷了，或許是沒電，但是明明就能打通，只是沒人接而已。

「姊，妳有姊夫工作地點的電話嗎？」

「沒有。」姜玉已經開始急了，她從沒遇過這狀況。

「姊妳先回家看看好了，說不定姊夫在家，只是手機忘在公司沒發現而已。」

姜子牙想不出別的理由，雖然他很疑惑都這麼晚了，姊夫也該打個電話來問問了，或許是太累睡著？他又覺得這個可能性也蠻大的。

「好，我現在就回去。」姜玉立刻點頭，說：「如果他在家，我們再開車來載東西回去，你別擔心你姊夫，那麼大個人總不會失蹤的。」

這話雖是對姜子牙說，卻像是她在安慰著自己。

聽到「失蹤」一詞，姜子牙突然覺得心中有點不安，今天好像一直聽見這個詞。

「哥哥，我跟媽媽回去了喔！」小雪突然開口說。

姜子牙一愣，看向小雪，這話的意思是她不用替身跟姜玉回去了嗎？

「不留下來陪我嗎？」姜子牙故意用逗弄的語氣，免得引起姜玉的疑心。

姜玉一聽就皺起眉頭，覺得姜子牙這麼說不好，要是小雪真鬧著要留下來就麻煩了。

幸好，小雪用力搖頭說：「不要。」

姜子牙也只能讓她們三人走了，心中的不安卻越來越強烈，如果他能跟著回去就好了。

他心焦的等著家裡傳來回覆，根本連書都念不下去，還聽見隔壁床傳來女人低泣的聲音。

隔壁床的男人放輕語氣說：「好啦，是我不對，我不就腳痛得難受又憋尿，所以脾氣差了點。妳弟弟真找不到？」

女人低低哭著說：「好幾天了，連個影子都沒找著。」

聽見這話，姜子牙心底一驚，好似聽見姊姊哭泣的聲音，若是姊夫真的不見了……

「怎麼會這樣呢？妳弟也不是個渾人，應該不會沒事搞失蹤啊！」

「就是說，這麼大的人怎麼說不見就不見了……」

聽到這，姜子牙正想著乾脆偷溜回家時，電話突然響了，他連忙接起來。

「子牙，你姊夫不在家，電話還是打不通。」雖然沒有哭泣，但姜玉的聲音聽起來已經十分驚慌了。

雖然姜子牙也有點慌，但這個時候可不容許他再跟著慌亂，他盡量用平靜的聲音說：「姊，妳知道姊夫公司的地址嗎？找找看有沒有名片什麼的。」

「喔對，好，我找找。」

電話中傳來窸窸窣窣翻找東西的聲音，姜子牙也沒掛斷電話，不時開口提醒可以往哪裡找，同時暗暗下決心這次事情過去後，他一定要把姊夫的工作問個清楚，公司電話地址什麼的都得記起來。

「找到了！」姜玉興奮的說：「有一份公司的簡介，上面有電話地址，我打電話過去問問看。」

聞言，姜子牙稍稍鬆了口氣，左等右等卻等來一個壞消息。

「子牙，公司沒人接電話，只有『現在是下班時間請明天再打』的語音答錄，我要直接過去看看。」

姜子牙連忙說：「姊，妳在家裡照顧江姜和小雪就好，我過去看吧。」

「什麼？不行，你還受傷呢！」

現在都快十點了，姜子牙可沒法看著姊姊帶著兩個小女孩到處亂跑，太危險了。

「我的傷沒什麼問題啦，只是坐計程車去看看而已。」

「可是——」

姜子牙連忙說：「我會找路揚一起去，妳別擔心。」

「怎麼能不擔心呢？你這次都莫名其妙讓流彈傷了。」姜玉憂慮的低聲說，但她也知道帶著兩個小孩實在不方便，只能同意：「好吧，但你要小心點，手機要隨身帶著，小心不要弄到傷口，有什麼消息記得打電話告訴我。」

一句句答應下來，姜子牙一掛斷電話就立刻換上外出服，然後再撥電話給路揚，幸好對方接了，再沒接的話，他真的要懷疑最近正流行失蹤，每個人都至少要失蹤一次才行。

「你姊夫不見了？」路揚訝異的說：「要去公司找嗎？可我現在有點走不開，能不能等我一小時？」

「算了，我自己過去看看就好，只是去公司而已。」

姜子牙已經聽見手機傳來一些奇妙的聲音，聽起來就像是電影中的武器交錯聲之類，不時還有一些奇怪的悶響，聽起來很像是用拳頭揍肉的聲音……

人家正在拚死拚活的戰鬥，他卻上門要人家「手牽手」一起去找姊夫，怎麼想都覺得非常欠揍。

「那你把地址給我，我盡快處理好就過去跟你會合。」

姜子牙本想說不用，但想想也不知道姊夫現在是什麼狀況，而自己是個只有單手可用的半廢人，實在不好拒絕路揚的幫助。

他說了地址，又叮嚀：「你過來之前先打個電話，說不定我姊夫只是加班而已，別讓你白跑一趟。」

路揚「嗯」了一聲，連再見都來不及說就掛斷電話。

姜子牙有點後悔打了這通電話，怎麼覺得自己要擔心的人又多了一個？希望路揚別為了趕時間而大意什麼的，兩隻手都還掛著甜甜圈就去斬妖除魔，真是讓人擔心的傢伙。

躡手躡腳出了醫院，途中深怕被熱心的護士撞見攔下來，幸好沒發生那種情況。出了醫院，姜子牙立刻跳上一台計程車，直衝姊夫的公司。

計程車司機是個十分愛聊天的中年大叔，看姜子牙一隻手還用繃帶掛著，關心的問了不少話，一聽見是被流彈波及，立刻開始痛罵台灣的治安太差。

「看你這麼衰，是應該要去那個地方啦。」司機大叔點點頭說：「聽說那裡很靈，我載過很多客人過去。」

很靈？姜子牙覺得這個詞不太妙，連忙問：「我要去的地方是什麼公司？」

「公司？」司機大叔笑了起來，「可能也算公司，那是一個大師開的啦！」

……大師？

聞言，姜子牙臉黑了一半，問：「是什麼大師？」

「風水大師啊！」司機奇怪的說：「啊你不知道喔？那個大師專門替人看風水，聽說不錯，不是騙人的。」

看風水的。姜子牙鬆了口氣，這樣聽起來還算可以，只要不是斬妖除魔的那種大師就好。看來姊夫是在當風水師的助理，難怪姊姊說他會去看房子。

下了車，姜子牙抬頭看著高聳又新穎的大樓，心中有種十分異樣的感覺，完全不輸給發現路揚家是一座廟的心情，他本來還以為風水大師應該會住在古色古香的地方，結果完全不是那麼回事。

這種地方給路揚住可能還合適一些，偏偏事與願違，路揚這模特兒住在廟裡，風水大師住現代化大樓，完全驗證人不可貌相這句話。

搭著電梯上樓，姜子牙有點緊張，如果這裡也找不到姊夫呢？會不會出了什麼意外？

雖然高中以前也沒有姊夫，但是那時老爸偶爾會回來一下，最近幾年卻誇張到根本沒回來了，若是連姊夫也不見，這個家的氣氛真不知道變得多麼悲傷。

照抄下的地址上了樓層，姜子牙緊張地跨出電梯，這樓還算明亮，直到他看見目的地的招牌寫著「吳明亮風水大師」。

姜子牙有點無言，幸好辦公室不是真的無明亮，裡面的燈還亮著，要不然就糟糕了。

他按下門口的門鈴，也確實聽見裡面傳來門鈴聲，但是鈴聲響過一聲又一聲，就是遲遲得不到回應。

難道全下班了嗎？姜子牙有點急了，正想打電話問姜玉，姊夫有沒有回到家，那有通話功能的門鈴終於傳來聲音。

「是誰？」

這聲音是姊夫！姜子牙精神一振，連忙說：「姊夫，我是子牙。」

「子牙？」江其兵竟冷笑一聲，說：「你說的謊太拙劣了。」

姜子牙愣了一下，他真沒聽過姊夫用這種語氣說話，而且居然還說他說謊？他哪裡說謊了？不過就是說了句「我是子牙」，這句話還能說謊？

「我家子牙還在住院，他不可能會在這裡！」

「因為姊夫你沒回家，電話又打不通，姊姊很著急，所以我才過來看看。」

姜子牙開始感覺不太對了，他都聽得出姊夫的聲音，為什麼姊夫卻懷疑自己呢？他的聲音沒那麼難辨認吧？

「你省省吧，我不會信你，不管你想做什麼，我都不會有任何動作，就在這裡待到你無力維持這個界為止！」

姜子牙宛如被閃電擊中一般，呆立在原地。

姊夫竟也知道「界」。

那他知道家裡兩個小女娃的事情嗎？

「姊夫，江姜和小雪——」

「你要是敢動我的家人，我一定不會放過你，絕對讓你死得很難看！」

姜子牙打了個冷顫，看慣姊夫溫文儒雅的樣子，這樣凶狠的姊夫實在太讓人難以接受了，光聽聲音就這麼狠，要是他真進去，姊夫該不會把他當妖魔鬼怪痛揍一頓吧？

左思右想，搞不好真有可能，姜子牙聽路揚說過之前被掛在頂樓的經過，據說對方就是假冒成他的樣子，這才讓路揚上當。

路揚還警告過他，只要感覺不對勁，就絕對不能夠答應任何「邀約」。

姜子牙不敢說他已經答應要幫小雪成為「真」了。

現在姊夫顯然就是把他當成假冒的東西。姜子牙左思右想，還是別貿然進去，被揍還是小事，要是姊夫也有一把像「剔」的劍，直接砍了自己，那可就搞笑了。

「姊夫你現在沒有危險吧？」他還是有點不放心。

門鈴只傳來一聲冷哼。

聽起來是沒有危險，姜子牙放心了，決定等路揚過來再說，真慶幸剛才沒有拒絕路揚的幫忙，不然他現在還真不知道該怎麼辦。

姜子牙打電話給姊姊報平安，胡扯了一堆姊夫臨時出差，地方很偏僻，可能手機沒訊號等等的理由，讓姊姊先放下心來再說。

掛斷電話又等了一陣子，姜子牙終於沉不住氣，打電話給路揚。

「對不起，我被困住了。」路揚的聲音聽起來很困窘，「可能得花一段時間才有辦法出去。」

姜子牙一怔，「又是被界困住了？」

「嗯。」路揚給了肯定的答覆，隨後又連忙說：「你別擔心，這是常有的事，沒什麼大礙，等困住我的器妖沒辦法再維持這個『界』，我就可以收拾掉他了。」

……還常有的事。

姜子牙有點無言了，他這個好友的除妖能力……聽起來很不可靠啊！

「那能跟我講電話嗎？」

「可以。」路揚輕鬆的說：「我現在被困住也沒事好做，剛找了一下也沒發現界的破綻，懶得找了，跟你聊天度時間正好。找到你家姊夫了嗎？」

「我在姊夫的公司外面，發現他好像也跟你一樣被界困住，我們透過門口的門鈴講話，他把我當成假冒的了。」

「……」

路揚語氣奇妙的說：「如果是你姊，我可能還沒這麼訝異，特殊能力都是家族遺傳，但你姊夫原本不是個普通的老師嗎？」

「現在好像是風水師助理。」姜子牙無奈的說：「有可能是被風水師拖累的吧？」

「我之後再幫你打聽那個風水師的底細。你姊夫有危險嗎？」

「好像沒有危險，就是被困住，而且他還跟你一樣打算等界消失再說。」

姜子牙苦惱的說：「我姊夫好像也不簡單啊！這到底是怎麼回事啊？打從發現小……發現你的事情以後，這個世界好像整個就不對了啊！」

好險臨時改口，他差點又提醒路揚關於小雪的事情了。

「這種事都是這樣，本來你不知道，就算發現異樣也會用各種理由說服自己，然後過兩天就忘得乾乾淨淨，現在清楚了，就再也沒辦法蒙混過去。」

路揚嘆了口氣，無奈的說：「子牙，你已經回不去原本的表象世界了。其實你有那隻左眼，本來就不太可能一直裝傻下去，光是撐到二十歲才踏進來，已經算是很奇怪的事情，我一直很懷疑有什麼人在暗中護著你，最可能的人大概是九歌書店的老闆。」

「……你就不能讓我身邊有個正常人嗎？」

「呃，本來我以為你姊夫是正常人的。」這時，路揚突然笑了一聲，「看來對方撐不下去了，你等等，我收拾完這隻器妖就過去。」

姜子牙只能繼續等，卻突然聽見後方辦公室傳來聲音，他立刻轉頭一望，裡面的燈光竟閃爍個不停，還不時傳來乒乓作響的雜音。

「姊夫？你怎麼樣了？」姜子牙趴在門鈴上死命按，但除了鈴聲，其他一點聲音也沒有。

等不下去了！

姜子牙用力敲門，這門是玻璃自動門，但現在似乎已經鎖上了，不會自動打開，讓他有點不知所措，雖然想把門撞破，但用沒受傷的肩膀撞了幾下也沒能撞開，這玻璃實在堅固。

找了找有沒有東西可以用來敲破門，旁邊有花盆，但太大了，他只有一隻手根本拿不起來。

沒辦法之下，他只好整個人貼在門上，想看清裡面左右兩邊的狀況，立刻就看見左方走廊不對勁，那搖曳的大片紅色火光，簡直像是火災現場，大火之中隱約還可以看見人影。

不對，那不是真的。姜子牙強迫自己冷靜下來，那麼大的火，應該連這邊也可以感受到熱度才對，但他並沒有覺得溫度有什麼不對。

那是假的！

火光瞬間熄滅，露出一個人來，他不斷用手拍打身體，直到火光消失的那瞬間，他一怔，「咦」了一聲，這才停下拍打的動作。

「姊夫！」姜子牙大喊。

江其兵嚇了一跳，怔怔地看向玻璃門外的姜子牙，又看了看周圍，整個人有些恍然不知所措。

「姊夫！」姜子牙用力敲著玻璃門，著急地叫：「快出來啊！」

江其兵一聽，卻是猶豫了一陣子，這才慢吞吞地開門出來。

雖然這期間，姜子牙是心急如焚，但卻不怪姊夫那溫吞的動作，他明白對方還在懷疑自己是真是假，或許更擔心這是一個圈套，一個致命的邀約。

再怎麼慢吞吞，江其兵終於打開玻璃門走出來。

姜子牙迎上前去，上下左右打量，發現姊夫毫髮無傷，這才放下心來。

「子牙？」江其兵勉強擠出一個笑容，「你怎麼在這？」

「來找你，都十點多了，姊姊很擔心呢！」

「……剛剛真是你跟我說話？」

「嗯。」姜子牙點了點頭。

江其兵露出尷尬的表情，含糊的支支吾吾：「這是、那個……我的工作有點複雜，所以剛剛有點懷疑，不過也沒什麼大事，你別擔心。」

他停頓了一下，帶著懇求的意味說：「最好別告訴你姊，我不想讓她太擔心我的工作。」

姜子牙點頭答應了，他也不想讓姊擔心。

「姊夫你載我回醫院去，然後就回家吧，我跟姊說你出差又手機沒訊號，所以沒辦法打電話回家報備，記得不要說錯了。」

聽到這話，江其兵沒想到這麼容易就說服姜子牙，而且對方竟然什麼也沒問，他深深地看著這個妻弟，點頭答應：「好。」

兩人下樓時，正好撞見路揚，三人頓時面面相覷。

「江哥。」路揚率先漾開笑容，特地讓剔飄到身前，引來姜子牙的一瞥，卻沒引起江其兵的注意。

……看不見嗎？路揚心念一動，也沒收起剔就讓祂在三人之間飄來盪去。

江其兵「嗯」了一聲，因為自己也心虛的關係，他沒敢多問，只是禮貌性的問候：「你來找子牙啊？手傷怎麼樣了？」

路揚呵呵笑著說：「好很多了，沒什麼大礙。」

沒大礙？姜子牙忍不住想白他一眼，那兩圈甜甜圈都成草莓口味了，還說沒事，當大家都不長眼睛的？

「跟我回醫院重新包紮啦！護士小姐一定罵死你。」

路揚抓了抓頭，說：「真沒事啊，我還得回家寫英文作文，明天上課得交呢！」

「回醫院，我幫你寫！」

「真的？」路揚的雙眼發了亮，立刻滿嘴答應：「好，那我跟你去醫院。」

姜子牙為之氣惱，「你啊，不想寫作業選什麼作文課啊，這堂又不是必修課！」

「呃，我照著你的課表選的，不然誰幫你去點……不然就沒人幫我點名了啊！」

路揚連忙改口，他差點在人家姊夫面前說「誰幫你去點名」，這話一出，江其兵鐵定生氣，然後姜子牙這輩子都不會幫他寫作業了。

姜子牙惡狠狠瞪了他一眼，幸好來得及改口，要不此時此地立刻會上演殺友記。

江其兵好笑的看著這兩人鬥嘴，心裡很是慶幸當初堅持要姜子牙上大學，沒答應對方在高中畢業後就直接去工作。

開什麼玩笑，子牙這麼聰明的孩子，不繼續念書太可惜了。

其實姜玉也該繼續念書。

想到年輕的妻子，江其兵真恨自己的能力還不夠，或許等江姜再大一些，可以上幼稚園了，再來考慮讓姜玉回校園去。

「姊夫？」

江其兵抬起頭來，兩個男孩正看著自己，他連忙笑了笑，「走吧，實在太晚了。」

節之三・衝突的好友

一走進病房，路揚一個皺眉，右手雙指併攏，朝角落一比，飄在身旁的剔立刻飛射出去，直直刺向角落的血背影，一劍就砍掉對方的腦袋，亂髮包裹的腦袋一掉到地上，立刻連同跪坐在原地的身體一起化成飛灰，居然就這麼消逝得無影無蹤。

姜子牙怔了一下，不解的問：「怎麼突然就滅了他？」

路揚聳肩說：「那是最低等的幻妖，沒有什麼意識，跟蟑螂差不多，一般我是不管，因為數量太多了，不過你待在這病房，看著那種東西不舒服吧？」

蟑螂……姜子牙有點無言，要是被一般人看見這種東西，少說也是一整篇鬼故事，結果在自己這好友眼中卻只是跟蟑螂沒兩樣嗎？

路揚坐到床上，他的雙手已經被重新包紮好了，雖然免不了被護士一陣好唸，不過陪著笑臉總是沒錯的。

「記得幫我寫作文啊。」鞋子一脫，路揚懶洋洋地躺倒在床上。

「好啦！」姜子牙忙著把垂簾拉起來，免得吵著別人，雖然對床的老人家耳力不好，但還有隔壁的夫妻檔。

只是他吊著一隻手還得幹這種事，路揚倒是輕鬆地躺在床上，看看，這傢伙居然還蹺著二郎腿，真不知道誰才是病人！

拉完垂簾，姜子牙坐下來，拿出筆記本就開始寫作文，連字典都懶得拿出來，反正以路揚的程度，寫得太好反而會被老師看穿。

「你說我家姊夫是怎麼回事？」姜子牙一邊寫一邊苦惱地問。

「大概也是道上人吧。」

姜子牙瞥了飄在旁邊的剔一眼，懷疑的說：「可是他好像看不見你的劍。」

「看不見也不奇怪，不是每個道上人都有這方面的能力。」路揚朝姜子牙一瞥，說：「看得那麼清楚，連剔是把中國古劍都知道，這還比較奇怪。」

「不用你提醒我很奇怪好嗎！」

路揚笑了起來。「你只是看見，劍還是我的呢！到底誰更奇怪啊？」

姜子牙抬起頭來，好奇的問：「你到底從幾歲開始做這些事情？」

「說不上來幾歲，從小就常跟著父母出去，我也不知道到底幾歲開始動手的。」路揚沉思了一下，推斷：「大概十歲左右吧，在有剔前幾年開始隨手拍掉一些低等幻妖。」

「你爸媽也做這種事？」姜子牙震驚了，他從沒聽路揚說過家裡的事，對方一直都不提，但沒想到居然也是斬妖除魔的，這果然是家族事業嗎？

「對了，你爸媽到底在哪？上次去你家裡，只有你外公外婆在，好像沒人提到你爸媽。」

路揚聳肩說：「我爸媽從兩年前就一直待在國外沒回來，而且在那之前，他們也不常在家，不是在台灣各處亂跑，不然就是出國去了。」

聽到這麼詳細的解釋，姜子牙倒是有點緊張了，以往路揚從沒說這麼多家裡的事情。他連忙說：「如果你不想說家裡的事，可以不說的。」

「現在沒差了，之前是不敢說。」路揚無奈地說：「要是你追問我爸媽的職業，我能告訴你，他們一個是道士、一個是驅魔師嗎？」

「……你家真複雜。」

「你家看起來也不簡單。」路揚沒好氣的說：「早知道這樣，我就不用瞞著你了，有好幾次我都卡在看不穿界，不知該怎麼下手，常常還被困住，要是能讓你的眼睛一看，不知道能省我多少工夫。」

「我能幫你？」

姜子牙精神一振，讓路揚幫了這麼多次，而且還因為小雪的關係，讓對方被抓走，差點掉下樓沒了命，現在聽到自己能夠幫上對方的忙，簡直有種終於能還債的解脫感！

路揚直起身來，認真的問：「子牙，你真的願意幫我嗎？」

姜子牙點了頭，雖然可以的話，他是絕對不想沒事去斬妖除魔，但既然欠了債，而且實在不放心時不時被困住的路揚，他也就只好硬著頭皮上了。

「你為什麼要做這種事？」姜子牙十分苦惱，如果可以，他還是希望還債方式可以是幫朋友上個便利商店夜班之類的啊！

「跟你去書店當店員一樣，就打工啊！」

「有錢拿？」姜子牙愕然了，他以為是因為家裡廟宇的關係，所以路揚就是得替天行道之類的理由。

「大部分有，少數做白工。」

姜子牙好奇的問：「什麼時候會做白工？」

路揚苦哈哈地說：「像是不小心發現一個怨氣驚人的器妖，偏偏還沒害過人，或者還沒人發現『鬧鬼』，所以沒人花錢來委託，但我能看著他去害人嗎？那種時候就只好做白工了。」

說到這，他擔憂地說：「我做白工的時候，你可不許跟我要打工費，只有收費任務能給你錢了。」

聞言，姜子牙白了他一眼，自己剛才答應的時候可半點都沒提到還得收費，正想說不用給錢的時候，他卻突然想到自己可以收「別種費用」。

「你答應我不殺小雪，我就幫你。」

路揚一聽，先是反應不過來小雪是誰，隨後立刻明白是那個器妖，當下怒吼：「你答應我要騙那個器妖出來，讓我滅了她，打算說話不算話嗎？」

「這時和那時怎麼能一樣！」姜子牙氣惱地說：「她答應跟我去救你，還幫我擋了子彈，我怎麼能再照之前答應那樣殺掉她，這也太沒良心了！」

「你的意思是我沒良心囉？」路揚氣急敗壞的瞪著他，「我可是在保你的命！」

「小雪她就救了我的命，還有你的！」

「吵什麼啊？還讓不讓人睡啦！」隔壁的男人大罵起來。

兩人噤了聲，只是互相瞪視對方，誰也不肯讓步。

路揚低聲說：「子牙，你沒見過器妖殺人的樣子，有人甚至全家沒留下一個活口，想想你姊、姊夫，還有江姜。」

一提到姊姊，姜子牙的堅持就軟了一半。「難道器妖真的不能好好和人相處？你肯定絕對沒有例外嗎？」

對門的御書不是也養著一個管家嗎？她就不擔心……不過管家好像說過御書隨

時都能滅掉他。

「我不能肯定！」路揚怒說：「但你能保證你家的是例外嗎？你搞懂她是怎麼出現的嗎？」

姜子牙當然搞不懂，除了小雪，他更不懂江姜是怎麼出現的。

不想滅掉小雪的理由有很大一部分是因為江姜的存在，既然都決定接納江姜了，多一個小雪似乎也不那麼讓人難以接受，畢竟江姜的「等級」還比小雪高呢！更高等的都留下來了，還怕低等的做什麼？但姜子牙卻不能這麼告訴路揚。

「我會搞懂小雪怎麼出現的，給我一點時間。」他只能這麼說。

聞言，路揚明白沒那麼容易說服姜子牙了，急得眉頭緊皺，甚至想到乾脆直接偷偷到姜子牙家裡把那隻器妖收拾掉算了，但回頭想想那個器妖偽裝成那麼小的孩子，一定不可能離開姜玉身邊，就覺得實在不可能成功，還是得讓姜子牙把她騙出來才行。

左思右想，看著姜子牙肩膀的傷，路揚一個咬牙說：「你過兩天肩膀好一點就跟我出去，我就讓你看看什麼叫『妖』！」

姜子牙立刻一口答應了。原本看今天路揚又困在界裡，他也想著要快點去幫忙，可是肩膀的傷還沒全好，恐怕對方不會讓他跟去，現在路揚主動邀了，他當然立刻一口答應下來，免得等等路揚想想又反悔了。

答應幫人的傢伙鬆了口氣，要人幫忙的傢伙卻是開始苦惱起來。

要找有錢拿的工作，讓姜子牙可以貼補家用；還得找和界有關的工作，不然子牙派不上用場，肯定不願收錢；也不能是太困難的工作，畢竟姜子牙的傷還沒有好；但又不能太簡單，因為這樣嚇不倒子牙，他一定不會願意交出那個器妖……

想到這，路揚真有股衝動想叫姜子牙還是洗洗睡吧，他自己去就好。

姜子牙看見路揚的苦臉，但他卻半點同情心也沒有，最近他可是苦惱得頭都快比受傷的肩膀痛了，能拉著好友一起頭痛，也算是有難同當，更何況這個好友也是頭痛的原因之一！

看見姜子牙幸災樂禍的輕鬆表情，路揚更惱怒了，正想跟對方形容一下以前遇過各種恐怖的器妖，這時，隔壁床卻突然傳來怒吼。

「妳又不回來？」男人憤怒的低吼：「妳這臭女人，娘家比我重要得多是不是——」

姜子牙眉頭一揚，這斷腿的傢伙還真愛罵自己老婆，好在下午時有認了錯，也沒真的動手，不然他還想真想偷偷打家暴專線。

男人不斷罵罵咧咧，但罵到一半卻突然停下話來，隨後有些慌亂的脫口：「死了？怎麼死的？」

聽到這個「死」字，路揚朝姜子牙丟去一眼，想知道這是怎麼回事，但後者哪知道怎麼了，不過下午聽到人家在吵架而已，所以只能聳了聳肩，他也很驚訝怎麼下午才聽到失蹤，晚上就聽說死了。

不過想想又不奇怪，如果不是什麼亂七八糟的人，哪會隨便就失蹤，一旦不見了，多半就是出意外。

雖然是不認識的人，不過聽到有人死了，姜子牙還是覺得遺憾。

「有找回來嗎？什麼，要去認？」男人躊躇的說：「好好，妳就待在那裡，我、我……唉，我沒事，頂多求我兄弟過來幫個忙。」

斷腿的男人拄著枴杖，一拐一拐的走向廁所，嘴裡不停咕噥「真是晦氣」。

姜子牙忍不住從背後白了他一眼，明明就有辦法自己去廁所，還非得自己的妻子過來照顧，如果是平時也就算了，人家弟弟都不見了還鬧，人家過世還要說什麼晦氣，真讓人不齒了。

看見姜子牙臉色不善，路揚好奇的朝他丟去一眼。

姜子牙把下午聽到的事情小聲告訴他。

路揚一聽，卻完全不在乎人家夫妻之間的事，而是苦惱的說：「就是失蹤的人太多了，我最近才忙得連過來醫院看看的時間都沒有。」

姜子牙一怔，不解的問：「失蹤人口也算是你的工作內容？」

「當然，人總不會無緣無故失蹤吧。」路揚說得意味深長，這個「緣故」自然就是他的工作內容了。

「我以為那些都是人禍比較多？」姜子牙覺得比起器妖、幻妖和界什麼的，謀財害命之類的事情還比較有現實感。

「比例上還是人禍比較多。」路揚坦承的說：「而且還多很多，我常常不小心就查到謀殺案，報案報得多，和警察都熟了。」

原來是這樣啊！難怪可以打發來調查的警察。姜子牙有點擔憂的說：「你這麼常報案，就不怕警察以為你是連續殺人犯，自己殺人自己報案嗎？」

路揚露出心虛的一笑，姜子牙一看就明白了，揚眉說：「已經被懷疑過了？」

「這麼一直報案，怎麼可能不被發現啊！不過還好我救過好多個警察，他們會幫我擺平。」

救過好多個警察？姜子牙懷疑的看著路揚，警察是專門被人救的嗎？

「好啦，我調查過哪些警察有遇到這方面的事情，故意去救的。」路揚嘿嘿笑著說：「也有一些是以前被我媽救過的，我這種工作不認識幾個警察，光跑警察局和法院就跑不完了。」

這麼說也是，若不是路揚，姜子牙的槍傷還真不是那麼容易擺平的。

「不過認識太多警察也有大缺點。」路揚恨恨地說：「就是那些傢伙老丟沒錢拿的工作過來！就算他們答應我要申請補助，都少得只能用來貼補油錢！」

姜子牙笑了，安慰的拍拍好友說：「就當為台灣的治安盡一份心嘛！」

路揚怒說：「你倒是犧牲自己的打工時間去為台灣的治安盡一份心啊！」

姜子牙無所謂的說：「接下來，我不就是要跟你去盡心了嗎？」

聞言，路揚又想起剛剛挑選工作內容的煩憂，苦惱得整張臉都垮了。

姜子牙把筆記本丟過去，說：「寫完了，你抄一遍再交，不准直接拿去交，別當老師是瞎子看不出筆跡。」

路揚看著牆上的鐘指著凌晨兩點，再想到明天八點的課，整張臉更苦了。

姜子牙踹了踹好友，「我要睡了，你去旁邊桌子抄吧。」

「嗚嗚嗚，你這死沒良心的！」

聞言，姜子牙打了個大哈欠，爬上病床，硬把路揚擠了下去。

CH.2
困惑，困在

節之一・真與虛的初次交鋒

管家敲了敲門，然後耐心的等候對方前來開門。

沒多久，姜玉一把拉開門，熱情地笑著說：「是要借什麼東西嗎？」

她一邊說一邊好奇地看著管家後方的人，居然還是個外國人，雖然管家的眼睛是墨綠色的，看起來是個混血兒，但後面那個金髮藍眼睛的，可完完全全是外國人了。

「不是的。」管家側身退開一步，介紹後方那人，「這是我弟弟管庭，最近要搬過來一起住，所以帶他過來打聲招呼。」

是兄弟？姜玉愣了一下，還真沒見過這麼不相似的兄弟，唯一的共通點是都長得挺帥的，但怎麼有弟弟會來住在哥哥的女朋友家？

管家主動解釋：「我們是同父異母的兄弟，所以不太像，很多人都不太相信我們是兄弟呢。」

姜玉噗哧笑了出來，說：「也難怪別人不信，你們真的很不像。你弟弟是過來玩的？」

「他從國外來台灣留學，打算住個兩年。」管家帶著溫和笑容解釋：「管庭的中文還不太好，請多多見諒。」

管庭走上前一步，微微一躬身，笑說：「我是管庭，以後請多多指教。」

姜玉有點受寵若驚了，現在的人哪有這麼有禮貌的，她連忙說：「都是鄰居，就不用多禮了，你們要不要進來喝杯茶？」

管庭回頭望了管家一眼，狀似在詢問，管家微微一笑，「就進去坐坐吧，他們有兩個很可愛的小女孩，你也認識認識。」

唷、唷！這是什麼乖巧的孩子？姜玉有點驚奇了，這年頭居然還有這樣尊敬哥哥的弟弟，還知道要回頭詢問，這頂多只能在幼小的孩子身上看見吧！

「好的。」管庭十分謙恭的說：「那就叨擾嫂嫂了。」

姜玉不禁有點緊張起來了，連忙招呼兩人進屋，急忙就去泡茶準備點心。

等姜玉一進了廚房，管庭立刻拋開所有的恭敬，斜眼瞥著「哥哥」，說：「我就說我可以做得很好，你根本不用緊張。」

「做得太過頭了。」管家淡淡的說：「你沒看見她都嚇到了嗎？現在的人沒有這麼有禮。」

「有禮這種事情，你有資格說我？」管庭惱怒的說：「而且是你說要有禮貌，現在有禮又不對了？」

「我沒說不對，只說你做得太過頭了。」管家平靜的說。

「怎麼會太過頭？」管庭皺了皺眉頭說：「根本就是失禮，我既沒有穿正式服裝，說話也很直白，沒有加上一大堆敬語，更沒有拐彎抹角，甚至連見面禮都沒有帶，雖然我也不想給東西……」

管家沉默了，真不知該怎麼跟對方說明，之前他已經去翻閱過對方的故事，比起自己，管庭身處的小說內容和現代社會離得更遠。

他看了管庭身上的衣服，事實上那是他的衣物，並非管庭的，那一身豪華神父袍要是穿出來，任誰都會發現管庭不對勁，比自己的襯衫西裝褲小背心更糟糕，真不知道主人怎麼會答應他買那種衣服。

或許該請主人訂購些日常衣物回來？管家開始明白自己的服裝其實也不夠「正常」。

「你在發什麼呆？」管庭低聲說：「那兩個小女孩呢？」

管家左右張望這個家，格局和主人家裡是一模一樣的，只不過擺飾真大不相同，這裡有許多小擺飾，牆壁貼著淺花色的壁紙，窗簾桌巾的配色都十分粉嫩，比起主人的家，看起來比較……溫馨？是這個詞吧？

或許他也該這麼裝飾家裡？但是小花壁紙好像與牆上的刀械武器不太搭配……

「你到底在發什麼呆，別忘了正事。」

管庭真無奈了，他只是過來看看能不能幫上忙，真正要做事的人可不是他，偏偏現在要做正事的人卻一直在發呆。

管家回過神來，若無其事地說：「大概是在睡覺吧，小孩子睡得多，現在剛過中午，她們應該在睡午覺。」

管庭低聲說：「不如我拖住那個母親，你進房間去把小孩給解決了？」

「你是想害死我？」管家淡淡地說：「我消失了對你沒有好處，主人會讓你去做家事，我想你是不願意做那些事情。」

管庭漲紅了臉，怒說：「誰想害死你？那女人不就是讓我們來收拾那兩個小女孩嗎？」

「是一個。」管家皺了皺眉頭，這管庭連主人的話都沒聽清楚，「我們只要對付那名器妖，另一個是絕對不能招惹的。」

管庭不耐的揮揮手，但眼尾卻瞄見姜玉捧著茶盤過來了，他立刻收起亂揮的手，坐得端端正正，面帶淺淺的微笑，舉止外貌都讓人無可挑剔。

姜玉一看就不由得拘謹起來了，管家已經夠讓人覺得很「有禮」，幸好他看著人還挺溫和可親的，感覺就不難相處。

但這個管庭金髮藍眼又漂亮的外表已經夠惹人注意了，舉止還那麼優雅，整個人有著奇怪的強大氣場，怎麼看都是應該擺在宮殿那一類的地方……對對！一想到宮殿，姜玉就覺得這管庭簡直就像個王子！

但現在，王子後方的背景板是小花壁紙，真是怎麼看怎麼怪啊！

姜玉真有種乾脆搬盆玫瑰花去對方後方當背景的衝動了。

「家裡只有鐵觀音可以喝，還有一些南棗核桃糕。」姜玉心下有些苦，這王子好像該喝紅茶配餅乾之類的？

「感謝招待。」管家連忙說：「真是不好意思麻煩妳了。」

管庭也微微一個偏頭致謝，十分優雅和緩地說：「十分感謝您的茶水點心。」

姜玉決定還是多看著管家好了，這管庭實在太讓人壓力深大。

「御書最近好像很忙？」

其實她也不常看見御書，多半是等著垃圾車的時候才有往來，但最近都是管家出來倒垃圾，已經許久沒看見御書了，但也不排除她是懶得出來倒垃圾，直接丟給男朋友。

雖然相處時間不長，但姜玉已經摸清楚御書的懶惰個性了。

管家把嘴裡的茶水喝下去，點頭說：「她的稿子寫得不太順利。」

其實是之前忙著弄管庭寄宿的娃體，所以又耽擱了稿子，正被編輯追著不放，每天咖啡當水喝在趕稿子。

「成天悶在家也不出去走走。」姜玉擔憂地說：「這樣對身體不太好吧！管家，你可要好好勸勸她。」

「我會努力的。」管家也不能說其實主人還是有「到處」走走，只是這個「到處」是他和管庭出身的界，不需要出門也能過去。

「哥，你不是說有兩個小女孩嗎？」管庭終於沉不住氣了，這麼磨磨蹭蹭下去，什麼時候才能把事情辦好？

姜玉看了管庭一眼，對方的臉上帶著點不耐，看起來倒是像急性子的年輕人，不像剛剛那樣讓人看了就壓力深大。

看來剛剛那恭敬的模樣可能是對陌生人才有的樣子，再熟一點，應該就不會常常看見那「王子」樣了。

姜玉不禁鬆了口氣，再看對方一眼，順眼多了，這管庭長得可真帥，和管家兩兄弟坐在一起真是賞心悅目的事情。

端詳著管家、管庭這兩個年輕人，姜玉突然覺得不對了。「管庭啊，你今年多大了？」

管庭愣了一下，他問了小女孩，卻收到年齡問題，腦袋有點轉不過來，但也沒多想就回答：「二十三歲。」

年輕人？姜玉自嘲了一下，管庭還比她大呢，居然叫人家年輕人，真是結婚帶孩子就忘記自己才二十出頭。

「那管家你多大了？」既然都開口問了一個，姜玉不禁好奇起來了，索性連另一個一起問好了。

「我二十五歲。」管家不動聲色的微笑回應，雖然收到管庭的白眼一枚，也絲毫沒有變臉色。

在書中，他一百五十多歲了，這種事當然不可能照實說的，更不可能說他還不滿一歲——御書創造出他來還不滿一年。

「那御書今年多大了？」姜玉問上了癮，興致勃勃地繼續問下去。

「她二十八歲。」

居然是姊弟戀嗎?!

姜玉的八卦心整個都起來了。其實御書整日關在家裡，卻默默出現這麼帥的混血兒男朋友，本來就是件非常適合八卦的事情，她本來還想好好跟御書打聽、打聽的，可惜那之後來倒垃圾的人都是管家，她還不太熟識，總不好揪著人家問戀愛過程。

但一起等了這麼多次垃圾車，現在應該熟得可以打聽了吧？

「管家啊，你和御書是怎麼認識的？」

姜玉的雙眼都快要放光了，家庭主婦的生活圈小，她的年紀又太小，不好融入其他主婦的圈子，這日子過得真無聊啊！現在有八卦可以打聽，她可完全不想放過這機會。

管家一滯，旁邊的管庭居然也不繼續問兩個小女孩，正事都不顧，反而幸災樂禍的看著他。

「就是看過她的書，很喜歡，所以寄了電子郵件給她，就這麼認識了。」

管家想著等等回去可得跟主人串供了，但主人現在趕稿趕得天昏地暗，在她耳邊說話都不知道聽不聽得進去。

姜玉恍然大悟，原來是網友，這倒是挺符合御書的性子。

「你們本來住在台灣嗎？」

今天看見管庭，姜玉覺得這讓人壓力深大的兩兄弟應該不是在台灣長大的。

「不，我們本來不住在台灣。」

姜玉又點了點頭，千里來尋女朋友，難怪兩兄弟都住在御書家裡，反正御書家也就她一個人，一起住可以分擔房租。

管家正在猶豫等等要編自己是英國來的還是美國來的，姜玉卻站起身來，而管庭拉了拉他的衣袖提醒，神色戒備起來。

兩個小女孩正揉著眼睛從房間走出來，兩張一模一樣的小臉看起來剛睡醒的模樣，非常的可愛。

管家仍舊保持著微笑，轉頭對管庭說：「這就是他們家的雙胞胎，很可愛吧？我可沒騙你。」

「真的很可愛。」管庭也接下話來，說：「是我看過最可愛的一對雙胞胎。」

聽到有人誇讚自己女兒，姜玉比什麼都高興，笑咪咪的說：「你們也說得太誇張了。」

「媽媽，他們是誰？」江姜瞪大眼看著管家和管庭，小雪則整個人都緊抱著媽媽的大腿，連臉都不肯抬起來了。

「那是對面阿姨的男朋友和他弟弟。」姜玉帶兩個小女孩走到桌子邊，抱著小雪，江姜則乖巧地坐在旁邊。

「男朋友是什麼？」江姜不解地問。

姜玉一怔，沒想到自己脫口說的話，竟然還讓女兒開口問了這個問題，她左思右想還是不想敷衍女兒，開口問：「就是像我和妳爸爸那樣的關係囉！」

管家聽了，雖然臉上還是保持微笑，心中卻是有點怪怪的感受，怎麼說御書也應該算他的「母親」，卻得裝成男女朋友，以前他還是幻的時候，對此完全沒有任何想法，但現在成了虛，確實感覺有些不對勁。

管庭更是滿眼促狹的笑意，這倒是讓管家為之側目，這管庭和他之前一樣是個幻妖，為什麼情感上如此豐沛，好像不輸給已經成虛的自己？

想不透，管家也沒那麼多心思，其實他根本不在意管庭是幻是虛，應該說他還不明白為何要在意這種事情。

「媽媽，我口渴了。」江姜突然開口說。

「我去幫妳們兩個倒點果汁。」

雖然桌上有茶，但姜玉一向不愛讓小孩子喝茶，她站起身來，本想把小雪放下，但這小女娃今天卻怎麼也不肯放手，但她也沒多想，小孩子嘛，多半是想撒嬌，也不太在意，直接就抱著小雪去廚房。

江姜一個小女孩面對著兩個不懷好意的大男人，但怪的是，戒慎恐懼的那方卻是大男人。

管家看著那女孩，沒有什麼反應，這一個不是他的目標，若不是對方可能會出手干預，他甚至不會多注意她一眼。

小女孩發出警告：「你們不可以欺負小雪。」

「若我就是要欺負她呢？」

管家一本正經的說，但神色和說話完全不搭嘎，看得管庭都忍不住翻了翻白眼。不要這麼正經的說出要欺負小女孩的話來，好嗎？

但他沒有多說話，這種「真」和「虛」之類的對決，管庭還沒有能力插手，再怎麼不甘願，也只能靜靜在旁邊聽著。

江姜危險地瞇起眼睛。

「妳會出手阻攔我們？」管家開始衡量自己是否有辦法抗衡一個真，主人說過對方已成一個真正的小女孩，照理說應該沒多少能力，但是她卻又說自己完全不敢肯定就是了。

主人的話向來不可靠。又遲遲等不到小雪落單，管家只好帶著管庭上門來探查了。

如果這個「真」會插手，那事情可就真有點麻煩了。

管家平靜的說：「她只是個幻，而妳已成了真，不該再插手這些事情，妳應該要漸漸『遺忘』，日後才會真正成為一個普通女孩。」

「媽媽喜歡小雪！」江姜理直氣壯的說：「爸爸媽媽喜歡我們是雙胞胎，所以我不會讓小雪不見，她會一直跟著我，你們不用想偷偷欺負她了，就算找牙牙哥哥，他也不會幫你們的！」

聞言，管家直盯著這個江姜，小女孩的外貌實在沒有威脅性，但他卻覺得這女孩不是隨便說說，她確實有能力保護小雪。

管家想起主人說過初次見到江姜時，曾經把這女孩趕出門去，現在看來，如果不是在主人家裡，有著絕對優勢，恐怕那時的主人也沒辦法趕走江姜吧？

這下子該怎麼辦呢？

江姜語帶威脅的說：「哥哥你們答應我，絕對不會傷害小雪！」

管家搖頭說：「我無法答應。」

聞言，江姜瞇起眼睛，看起來仍舊十分可愛，但卻讓管家覺得很不妙。

「哥哥你是比較麻煩，但我如果要那個哥哥消失是很簡單的喔！」

她看向管庭，後者氣惱得差點跳起來，卻被管家拉住不放，只能繼續安穩地坐在位子上，但看著小女孩的神色已經頗為不善。

管家平靜的說：「妳若是讓他消失，主人不會善罷干休。」

「哥哥你們要是讓小雪消失，我也不會善罷干休！」

管家卻沒有回應，因為姜玉已經捧著一壺果汁進客廳了，小雪仍舊緊緊抓住她的大腿不肯放，連臉都不肯抬起來。

「江姜，妳的果汁來囉。」

「我要喝！」江姜一邊喝還一邊朝管庭丟去幾個不屑的眼神，氣得管庭都想把手上的核桃糕丟到小女孩臉上。

「我們也該走了。」

管家起了身，既然已經探到江姜確實護著小雪這件事，他也沒別的事情可做，還是趕緊回家告訴主人——希望趕稿子中的她還有辦法把話聽進去。

況且，管庭額頭的青筋都爆出來了，他們還是快走得好。

「這就走啦？」姜玉卻覺得依依不捨，好不容易有這麼好的八卦對象，她都還沒探聽出多少事情呢！

管家微笑的說：「承蒙招待，改天我做下午茶，可不可以請妳過來一起吃呢？」

姜玉立刻連連點頭說：「好，我一定去。」雖然這麼眼巴巴上門去是有點失禮，不過頂多以後做點甜點送過去回禮就好，她實在太想和對門鄰居打好關係，日後也有個說話對象。

「那就太好了，御書也會很高興的。」管家微微一笑，一旦在主人的地盤上，就是「真」也無法佔上風吧？

江姜那幾枚惡狠狠的眼神似乎也驗證了這點。

節之二・古老的路徑

從醫院走出來，姜子牙看了下受傷的手臂，吊著的繃帶已經拆掉了，其實幾乎沒什麼感覺，只是動得太厲害會有點疼。

坐上計程車，本想直接回家，但他想了一想，卻還是有點不放心姊夫的工作到底是怎麼回事，如果現在去突襲檢查，不知道可不可以看見一點真相？

還在病房的時候就開始猶豫，當計程車司機開口問要去哪，姜子牙都還沒確定好，卻直接脫口而出姊夫公司所在的路名。

「好。」

司機應聲開車了，姜子牙也只好對自己苦笑，果然還是想去看看，現在自己也有隻左眼能用，總是可以幫上一些忙吧？

想到這，姜子牙的精神都振奮了，這從小到大都讓這隻左眼搞得煩不勝煩，現在終於可以派上用場，他不禁有一種苦盡甘來的感慨……

眼尾突然瞄見某個熟悉的人，他不禁脫口：「停車！」

司機也真不是蓋的，被這麼猛然喊停，他方向盤一扭，直接朝著路邊一個小空隙插進去，後方還有輛摩托車差點反應不及撞上來，騎士隔著車窗罵了好幾聲，見司機不理他才訕訕然開走。

這時，司機卻還罵罵咧咧：「少年耶，下次不要這麼近才喊停車，真危險喔！」

姜子牙也差點被嚇死，他是看見熟悉的人，所以突然喊停車，可也沒想讓司機這麼措手不及就插進路肩，停遠一點，多走幾步路也沒差好嗎！

臭著臉付完錢，他下了車，朝著遠方那熟悉的背影看了下，幸好對方好像心事重重，連這邊差點撞車的小插曲都沒注意到，兀自低著頭走路。

姜子牙連忙跟上去，猶豫了一下，望著對方那皺緊的眉頭，還有「不應該此時出現在這裡」的舉動，他還是決定先偷偷跟在後面觀察好了。

對方在這條路上來來回回走了幾次，最後氣餒地坐在路邊的長椅上，迷惑的表情一覽無遺，似乎有些事情怎麼也想不明白。

見狀，姜子牙也知道大概沒戲了，本來還想能不能偷偷望見對方的一點秘密。

姜子牙買了杯飲料，走到對方面前，但這傢伙居然還是低著頭思考，根本沒發現他的存在，恍神還恍真大。

姜子牙直接拿著冰涼的飲料朝對方的臉蛋一貼，讓他渾身一震，整個人跳起來。

「子牙哥，你怎麼在這裡啊？」傅君一注意到眼前的人狠狠嚇了一跳。

「坐車經過的時候看見你，就下來了。」姜子牙故作不解且不悅的說：「這個時間，你居然沒去上學？該不會是逃學了吧？你還是小學生，居然就敢蹺課嗎？」

「我沒有蹺課！我是……」傅君遲疑了一下，還是老實交代：「請了病假。」

姜子牙似笑非笑的看著他，這傢伙哪有一點生病的樣子，剛剛還在這條路上不知走了幾遍，難道病人還要多運動嗎？

傅君紅了臉，低聲喃喃：「是太一請的假，我真的沒蹺課。」

姜子牙沒好氣的說：「老闆一直都亂七八糟，你要是跟著他起舞，一個禮拜都不用上課三天，每天早上去幫賴床的他開店門就夠了。」

「就是說啊！」說起傅太一，傅君真的惱怒了，「子牙哥你不知道，我跟太一說要請假，他居然還高興的說『你終於學會偶爾蹺課了，這很好，當學生不要當得那麼老古板』，真是氣死我了！」

真是帶壞小孩的不良父親啊！姜子牙哭笑不得。老闆啊，還好你家兒子是個乖小孩，要不然真的會變成壞學生啦！

也因為傅君一直都是個乖孩子，姜子牙不信對方會無緣無故翹課，所以剛剛才沒有出聲的跟在後方，就想看看能不能發現傅家父子的秘密。

「小君，你到底為什麼要叫老闆給你請病假？」

傅君似乎沒有隱瞞的意思，直接說：「我只是想出來找培倫，他失蹤了，到現在都找不到，我想再沿學校到他家的路多找幾趟，說不定可以發現蛛絲馬跡。」

姜子牙意味深長地問：「我陪你找好嗎？或許我能看見什麼你沒注意到的東西。」

聞言，傅君遲疑了一下，但一抬頭看向姜子牙的臉，他立刻眼睛發亮，點頭答應：「好。」

不知道是不是錯覺，姜子牙覺得傅君朝他看來的那瞬間，注意到的東西是他的左眼。

各懷鬼胎的情況下，兩人又開始一條路走九遍的舉動，可惜仍舊沒注意到什麼東西，其實姜子牙剛剛已經跟著走過幾次了，根本沒察覺有什麼不對……

這麼說也不對，應該要說沒察覺有什麼比平常看見的東西更不對勁的。

路燈下，一個通體藍色的東西正不停跳進地上的洞，然後從上方的洞掉出來，又繼續跳進地上的洞。

櫥窗前方，一大群像綠藻的球狀物正飄浮在半空中，不時撞著透明的櫥窗。

這些怎麼也不能說是正常的東西，只是因為姜子牙平時就很常看見，所以也算是某種「正常」。

又走完一次，傅君氣餒的坐回長椅上。

「子牙哥，不用走了，我看是找不到什麼線索了。」

姜子牙跟著坐下來，「會不會是綁票？有收到歹徒說要贖金的電話嗎？」如果是這種事情，那他的眼睛也派不上用場。

傅君也覺得疑惑，說：「我問過謝媽媽，還沒有得到任何消息，而且培倫他家又不是有錢人家，應該不是綁他要贖金吧？」

說到這，他更是擔憂了，和姜子牙相視一眼，都在彼此眼中看見憂慮。

謝培倫是個乖巧的國小學生，應該不可能是離家出走，如果不是被綁走要贖金，只可能是更糟糕的事情……

想到這，傅君的臉色都沉了下去，他的個性成熟，本來就和同學沒有多少話聊，也就只和謝培倫的關係算很好，一起走路上下學也有一年多了，想到對方可能已經遭遇不測，就覺得心裡沉甸甸有些難過。

「我們再找一遍吧。」看傅君的神色，姜子牙覺得還是再走個幾次好了，或許哪一次就會發現線索。

傅君卻說：「沒有用了，我走了好多次，什麼都沒有發現。」

聞言，姜子牙想起他和傅太一可不是今天才來找，恐怕真的已經把這條路都走爛了，但也是一無所獲，難道要放棄了嗎？

但是傅君卻又沒有要離開的意思，姜子牙想著對方恐怕也不想放棄，只是又明白自己是在做白工……

「對了，你們上下學就只走這條路嗎？有沒有曾經走過別條路，像是捷徑什麼的？」

傅君一怔，皺眉思索起來。

「是有一條經過巷子的捷徑，可是我們好久以前只走過一次，我跟他說不要走那裡，後來就再也沒有走過了。」

「去看看吧。」姜子牙提議：「反正也花不了多少時間。」

傅君沒怎麼考慮就點頭帶路了，他現在是不想放棄又無計可施，能做點什麼就好。

巷子並不遠，兩人只是彎過兩個路口就到了。

姜子牙本來以為是個陰暗的小巷子，所以傅君才會跟謝培倫說不要走這裡，但沒想到完全不是那麼回事，這裡很明亮，周圍都聽得見人聲，一點也不偏僻或者陰暗。

為什麼傅君不願意走這條捷徑？

姜子牙看向傅君，對方抬起頭來，似乎也明白他的疑惑，突然伸手比著巷子口的牆角。

「那裡有個很古老的路徑，我沒有辦法抹去，雖然不太可能會發動，不過能避開就避開比較好。」

姜子牙一愣一愣的，完全反應不過來。

「子牙哥，你看見了嗎？」傅君好奇地說：「應該看得見吧？」

姜子牙怔怔的回答：「你是說牆角那塊石頭上畫的紅色蓮花嗎？」

他對花的品種不熟，不過蓮花倒是很好辨認，那朵蓮花就像是廟宇中會出現的座蓮。

「不愧是子牙哥。」傅君讚嘆的說：「連花的種類都看得清楚。」

到這時，姜子牙這才反應過來，心中五味雜陳，看來傅家父子檔是不打算隱瞞他了，早知道那天在醫院就該直接開口問才對。

「小君……」姜子牙深呼吸一口氣，問：「你和老闆到底是什麼人？」

「我們是九歌。」傅君理所當然地回答。

「……那不是書店名嗎？」

「是太一直接用來當書店名稱的。」傅君抱怨道：「我也跟他說過這樣不好，要是被有心人看出來怎麼辦，但他就是不聽。」

意思是他只是個無心人就對了？姜子牙有種噎到說不出話來的感覺。

「你回去查一下『九歌』吧。」傅君遲疑了一下說：「不過別信太多就是了，那只是我們的一種……代稱。」

要他自己查又說不可信，這查了到底有沒有用啊？而且代稱到底又是什麼意思？

見到姜子牙一臉「你玩我啊」的表情，傅君左右為難的說：「我真的很難說得清楚嘛！」

「……只要告訴我一件事就好。」

傅君遲疑了一下，點頭答應：「好。」

「你和老闆是人嗎？」姜子牙有點為難的問。

這話好像在指責對方不是人似的，一說出口就覺得彆扭，但是不問清楚真的不行，家裡兩隻娃已經讓他有夠頭痛，要是連打工地方都充滿非人哉，他真不知道該怎麼處理了。

「當然是啊！」傅君理直氣壯的說：「子牙哥你也想太多了，我和太一都可以開書店上學，這還不算人啊？」

他家的江姜將來搞不好也會上幼稚園咧！姜子牙努力壓下這句吐槽。

「總之我和太一不會害你啦！」傅君看著姜子牙，鄭重地說：「就像太一之前說的，我們和你父親有交情，所以代他看著你和姜玉姊而已，你不要怕。」

姜子牙的表情十分微妙。我們？

可惜傅君卻沒發現自己說溜嘴，繼續說：「我們知道你有一隻真實之眼，一直都幫忙瞞著，子牙哥你以後也不要跟別人說，不然可能會惹上麻煩的喔！」

「這隻眼睛到底有什麼了不起，為什麼說出去會引來麻煩？」

姜子牙忍不住問了，連御書也這麼說過，但這隻眼睛不就是會看見亂七八糟的東西嗎？

什麼真實之眼，叫做虛幻之眼還比較符合現實狀況！

傅君歪了歪頭，說：「我也不是很了解，太一比較清楚，他說你媽媽以前也有這種眼睛，只是還比不上你的厲害。」

姜子牙一僵。事情竟還會牽扯上母親，雖然御書說過這些能力都是家族遺傳，但他卻沒有深想下去，原來是母親把這隻左眼遺傳給他的？

「現在先幫我看一下這條巷子吧，子牙哥。」傅君憂慮地說：「就算培倫真的走這條路，也不應該會出事，那個路徑已經太古老了，能不能發動都是個問題，怎麼會讓培倫失蹤呢？」
聞言，姜子牙也回過神來了，不管過去的事情到底是怎麼樣，眼前最重要的事情是先把失蹤的小孩找出來再說。
兩人走進巷子裡，原本還戰戰兢兢，但是這條巷子並不長，就算他們走走停停，連牆角的蜘蛛網都要停下來觀察，但還是只走了十分鐘就到出口了。
當然，什麼事也沒有發生過。
傅君整個失望極了。
「我們再走幾次吧！」姜子牙安慰的說：「搞不好等等就有發現了。」
他這只是安慰，姜子牙自己也知道不可能找到什麼了，巷子這麼短，又沒什麼遮蔽物，走過一次，能有發現也早就發現了，他們又不是刑事鑑識組，還能找出指紋血跡毛髮來。
「子牙哥。」傅君一個咬牙說：「你能陪我進去嗎？」
「進去哪？」姜子牙不解的問。
傅君沉默不語一陣子後，卻突然反悔的說：「還是算了，我自己去就——」
「好！」姜子牙一口答應。
他突然明白傅君要進去哪了。

石頭上的蓮花，是個路徑。

姜子牙答應得乾脆，但提出要求的傅君卻反而後悔了，那個路徑不知道是誰、又是因為什麼原因留下來的，貿然闖進去不知會遇到什麼事，就這麼找個不相干的人，要求對方跟自己進去，簡直像是種詐騙。

「還是算——」

傅君的話被手機鈴聲打斷了，他皺著眉頭拿出手機，看著上面的電話號碼，是謝培倫的母親打來的。

他有點不安，該不會是要說什麼壞消息吧……不、不會的，說不定是好消息！

傅君咬著牙接起電話，帶著忐忑不安的情緒說：「謝媽媽，我是小君。」

「小君，我聽說你病了，沒事吧？」

聞言，傅君有些猜到自己不會得到好消息或者壞消息了，「謝媽媽，我沒事。培倫他回家了嗎？」

「還沒有。」電話那端傳來一聲哽咽，沉默一陣子才傳來低低的聲音說：「對不起，我就是聽到老師說你病了，所以打電話問問你還好嗎，培倫他很快就回來了，到時你們再一起上學去，好不好？」

「好。」傅君的心情頗為沉重。

他去過培倫家許多次，有時候太一不在家，讓他自己把晚餐解決了，在走路回家的時候，讓培倫知道了，硬拉著他去家裡吃晚餐好幾次。

謝媽媽總是那麼親切，晚餐還總給他夾菜。

「怎麼樣了？」姜子牙著急地問：「有消息嗎？」

「沒有。」傅君低垂著頭說：「子牙哥，你跟我去好不好？太一他不願意插手一般人的事情，他不會跟我去救培倫。」

一般人……姜子牙甩開這個奇妙的用語，點頭應下：「沒問題，快走吧，拖越久他越危險吧？」

傅君抬起頭來，認真的說：「子牙哥，你若跟我進去，我就欠你一次情。」

「別開玩笑了。」姜子牙揉了揉這成熟小孩的頭，故作不悅的說：「你才不欠我什麼，你要是想欠我一次，我就不跟你進去了。」

聞言，傅君焦急的說：「子牙哥，我不是隨便說說，這是認真的誓言，是有效力的！」

「是邀約對吧？」

傅君一怔，隨後明白的點點頭，說：「是路揚哥告訴你的吧？我以為他不打算讓你了解這些事呢！結果還是說了嗎？連邀約這種細節都告訴你了。」

「是啊。」姜子牙含糊的帶過去。

總的來說，這些事情也不完全是路揚說的，家裡的兩個小女孩、御書、管家，甚至是上次綁走路揚的人統統都有份！

「子牙哥，你答應我的邀約吧。」

姜子牙皺眉說：「我說了不用，你和老闆也幫了我很多，要說誰欠誰，也是我欠你們。」

「不管怎樣你答應下來。」傅君卻十分堅持。

姜子牙覺得怪了，為什麼一定要答應，他是絕對不會找傅君討這個人情，又何必答應？

見他不肯答應，傅君只好解釋：「我欠了你，就是整個九歌都欠了你，你想找誰討債都行。」

整個九歌？姜子牙的表情更怪了。

難道除了老闆和小君，還有其他人？

「子牙哥，答應下來。」傅君再說了一次，「你陪我進去，我就欠你一次。」

說著，他伸出小指，竟是要姜子牙勾小指做約定，這舉動像個真正的小孩子一般。

姜子牙卻看見傅君的小指正發著淡淡的光芒，遲疑了一下，他也伸出小指去勾住對方的指頭，對一個大學生來說，這舉動簡直幼稚得讓人臉紅。

「好，我答應你。」

小指上的光芒猛然爆開，點點光輝灑落在兩人截然不同的大小手上，滲入皮肉，消失無蹤。

這時，姜子牙才想起來路揚說過讓他不要答應邀約。

結果沒幾天，他就答應了兩個。

節之三・蓮花界

姜子牙瞪大眼睛，注視著傅君的一舉一動，對方蹲在石頭前方，細細摸著那朵座蓮。

那朵蓮花畫得十分精細，桃粉紅色的花瓣、嫩綠的葉子，邊緣還描繪著細細的金線，看起來十分華貴，可惜年代似乎很久遠了，許多地方都斑駁不堪。

傅君先是摸了摸座蓮圖案，隨後又敲了敲石頭，姜子牙連眼睛都快不敢眨了，這種觀摩的機會難得，他就怕漏看一眼，之後還是搞不懂怎麼進去「界」——雖然那種地方能夠不進去更好。

摸完蓮花和石頭，還是一點變化都沒有，傅君皺了皺眉，他將食指壓在唇上，做出噤聲的手勢，隨後手指緩緩從唇上移開，朝著石頭一比，姜子牙清楚的看見那根指頭上再次發出淡淡光輝。

「吾以東君之名，下命，開！」

聽見這話語如此熟悉，之前從電話傳出來救了他和路揚的話，就是這樣差不多的一句話，姜子牙屏住呼吸，幾乎不敢動彈，免得打斷傅君的舉動。

「東君下命開！」

喊了幾次，卻得不到半點反應，傅君惱怒地放下指頭，臉微微紅了，幾乎不敢抬頭看姜子牙。

見狀，姜子牙輕咳了一聲，「搞不好根本不能用了，那你同學可能根本就不是在這裡不見的。」

聽到這話，傅君卻覺得心情更是沉甸甸，如果不是遇上這種事情，那他就真的幫不上忙了，只能乖乖等消息，但都過兩天了還毫無消息，恐怕就已經不是個好消息。

傅君消沉的說：「回去吧，太一今天下午還有事，本來要關店的，不過我正好現在回去幫他顧店。」

姜子牙雖有點遺憾今天還是沒看見到底怎麼進入一個界，但是卻沒打算問傅君，現在不是時候，比起他的事情，一個認識的小孩可能遭遇不測更讓人心急，所以他只是頗可惜地朝蓮花一望，卻發現蓮花底部的葉子竟變得枯黃乾皺……

「子牙哥？」傅君不解地問：「你不走嗎？」

「葉子怎麼枯萎了？」姜子牙正不解的喃喃，卻發現連花瓣也開始一片片掉下來。

傅君瞪大了眼，眼睜睜看著周圍的變化，蕭瑟的風吹過來，帶來一絲寒意，不知從哪兒被捲來一片枯黃的葉子，原本的夏日竟成了秋天。

「走吧！」

居然整朵蓮花都凋了。姜子牙卻看不出個所以然，只好回頭這麼說，卻看見傅君用非常奇怪的眼神看著自己。

「怎麼了？」他不明所以的問。

還問怎麼了……傅君無語問天，直到現在才明白，為什麼傅太一和路揚都選擇瞞著姜子牙，他明明就看得見，不把世界的另一面告訴他，根本沒有意義嘛！

但現在，傅君明白了，這傢伙看著看著就啟動一個古老的路徑，不知不覺就掉進界裡面，或許還是少知道一點的好。

「我們走不了了。」傅君無奈地說。

「為什麼？」姜子牙不解地問。

「子牙哥，你聽見什麼聲音了嗎？」

聞言，姜子牙立刻傾耳去聽，但聽了半天卻連半點聲音都沒聽見，他有點悶，難道是因為自己只有左眼出問題，所以聽不見？

「我沒聽見任何聲音。」

傅君點點頭說：「車聲、人聲，什麼都沒有。」

經傅君這麼一說，姜子牙突然發覺不對了，剛剛進巷子的時候確實有很多聲音，外面是車聲，再來也能聽見巷弄兩側的屋子傳來各式各樣的聲響，有說話聲、有音樂聲甚至是小孩哭鬧聲。

但現在卻寂靜無聲。

一發覺，他就突然開始心裡發慌，住在都市中，幾時有這麼安靜過，就算半夜也偶爾會有車子經過的聲音，現在卻什麼聲音都沒有，彷彿他正戴著耳塞，把所有聲音都隔離掉，但是卻明確知道根本沒有那回事，他還是能聽見自己的呼吸聲，甚至是心跳聲……

當所有聲音消失時，心跳撲通撲通跳的聲音竟變得這麼明顯，讓人不知不覺跟著一聲一聲的數，然後開始擔憂這跳動會不會突然停止，但越是這麼想越是焦急，心跳聲反而越來越快越跳越重，讓人開始喘不過氣來……

「到底怎麼回事？」姜子牙忍不住開口說話，再不打破這種寂靜無聲的狀況，他覺得自己就快要忍不住驚叫出聲了。

「我們已經進到界裡面了，雖然很多界和現實世界很像，但是通常都做不到太詳盡的細節，最容易發現不同的地方就是聲音。」

傅君仔細講解，這也是傅太一的意思，既然姜子牙已經踏進這個世界的裡層，那就不能再一無所知，因為一知半解對於姜子牙這種有著真實之眼的傢伙來說反而更危險。

姜子牙點頭，突然想起來昨晚姊夫受困在公司裡的狀況，他突然發現起火的時候，卻沒有感覺到「熱度」，也是因此才發現不對勁。

「為什麼會有這些界？」姜子牙實在不明白，莫名其妙看個蓮花就走進異世界，這樣對嗎？正常不是要給雷劈一下或車子撞一下，等人掛了以後才穿越嗎？

「大部分都是人為的，但也有非常非常古老的界，不知道為什麼出現，而且讓人很難相信是人為的。」

說到這，傅君頻頻望向巷子裡，說：「子牙哥，我之後再跟你解釋得更清楚，現在我們先去找培倫好不好？」

姜子牙差點想開口罵自己，怎麼連最重要的事情都忘了，連忙說：「當然，我們走。」

兩人再次走進巷子，這一次，提起十二萬分的警戒。

「我要特別注意什麼嗎？」姜子牙一邊四下張望一邊問。

傅君這下對姜子牙的左眼可有期盼了，「什麼都看一下，只要感覺有那麼一點不對勁，不管有沒有真的發現什麼，都要告訴我！」

「好。」

沒走多久，不需要姜子牙開口，兩人都發覺不對勁了。

一個老乞丐坐在牆角乞討。

地上鋪著一張竹蓆，老人渾身破衣爛褲，面前還放著一只大碗，一根竹棍靠在他背後的牆上。

兩人一看就知道不對勁了，先不說這裡是個界，正常人不會出現在這裡，就連老乞丐身上的衣服都大不對勁，那並不是現代的服裝，倒像是古裝劇出現的丐幫成員。

姜子牙看向傅君，雖然依靠一個小學生讓他有點臉紅，不過這個小學生確實比他知道該怎麼處理眼前這狀況。

傅君皺了一下眉頭：「我也不知道。」他坦誠地說：「子牙哥你別太相信我，我只是個小孩子，剛剛連界都打不開，其實還不如你呢！」

「可是你之前救過我。」姜子牙還感嘆過傅家父子的一句話比路揚打死打活更有威力，現在如果要他相信傅君是個普通小學生，真的一點說服力都沒有。

「那是太一。」傅君老實承認：「我只有給你下了點暗示，讓你那時候一定會接我的電話。」

聞言，姜子牙還是很難相信那個總是不正經的老闆才是救命恩人，他寧可相信是小學生救了自己啊！

姜子牙深呼吸一口氣，說：「那你跟在我背後好了，如果有什麼要我做的就跟我說。」

既然知道傅君也沒辦法，那姜子牙覺得自己有責任保護一個小孩。

傅君點點頭，但並沒有躲到背後，而是走到姜子牙身邊，牽住對方的手，就像個乖巧的孩子。

姜子牙反握緊傅君的手，兩人都有些緊張地走向那名乞丐。

站到對方面前時，姜子牙努力用左眼看著對方，想弄清楚對方到底是人還是什麼東西。

「子牙哥。」傅君低聲說：「這裡是他的界，你看不出什麼的。」

「嗯？」姜子牙訝異的說：「可是我看見他的皮膚是青白色的，好像不太對勁。」

傅君無語了一下，說：「那他可能是殘存下來的幻影，真人早就死掉很久了。」

聽到死掉，姜子牙臉色一變。

所以這次真的是鬼了吧？

姜子牙聽見自己吞口水的聲音，但還是得硬著頭皮，上了！

「老、老先生，請問你有看過一個國小學生經過這裡嗎？」

老乞丐用混濁的眼睛茫然地看著他們一眼，隨後繼續低頭看著碗，就像個神志不清的老人家，沒有辦法做出正常反應來。

「吾以東君之名，命你答覆！」傅君喝道。

老乞丐渾身一震，抬頭看著傅君，神色仍舊茫然，隨後又再次低下頭看著碗。

「太一都騙我！」傅君恨恨地說：「他明明說我的能力不比他差的！為什麼我說的話都沒有用？」

傅君的嘗試失敗了，姜子牙也只好看看自己的左眼能不能起點作用。

他更仔細打量著眼前這老人家，越來越覺得對方的皮膚青白，連瞳仁也泛著一層死灰，實在不是活人會出現的顏色，幸好這是個老人，老人斑和皺紋很多，身上又很髒亂，就算皮膚和眼睛灰白些也不算太突兀，如果這是個年輕的男女，恐怕他真沒勇氣仔細打量這個「鬼」。

「你到底有沒有看見謝培倫？」傅君再問了一次，特意提出姓名，有時候，名字可以起到一些作用，這也是傅太一教他的知識。

老人一樣茫然地看著他，看得傅君都開始惱怒了，覺得自己被個不知多久前就作古的人捉弄了，這裡搞不好根本和培倫失蹤的事情無關。

這麼想倒是合理多了，連自己都打不開的界，謝培倫怎麼可能無緣無故就踏進來，他又不是子牙哥！

「我們走吧，子牙哥，我覺得這裡找不到培倫了。」

姜子牙卻聽出傅君的語氣有濃濃的失望，他不禁揮手先止住對方想放棄的意思，繼續打量這老人，對方卻根本沒有其他動作，就是一直看著碗而已……等等！看著碗？

姜子牙連忙看向那只大碗，突然發現那只碗竟然繪著蓮花的圖案，而且就和外面石頭上的蓮花一模一樣！

碗裡也不是空的，有各式各樣的東西，卻不是想像中的硬幣和紙鈔，而是一大把銅錢、幾塊黃金和銀子、女子的珠寶首飾，甚至還有幾張紙，上頭用毛筆字寫著「丸寶錢莊」、「壹佰兩整」之類的字樣。

姜子牙遲疑一下就掏出錢包來，放了一千元到碗裡面，輕聲問：「老人家，你有沒有看見一個男孩，大概和我身邊這個一樣大，他戴著一副眼鏡，看起來是個很乖的小孩。」

老人家抬起頭來，混濁的眼竟有了一絲神采，喃喃：「幾天前，有個孩子被虛幻的東西追著跑了很久，最後精疲力盡，卻是被人抓走了。」

「被人抓走？」傅君急問：「是什麼樣的人？」

老人家沒有繼續說話，姜子牙想了一想，又放了一千元進去，果然又得到回答。

「有一組人帶著妖孽在城裡到處抓人，不知想做什麼樣的惡事。」

傅君急急地問：「那你知道他們把人抓去哪裡了嗎？」

「朝著東方走。」

這期間，姜子牙就負責投錢，幸好有老闆給的錢，要不然以他平時只帶一兩千塊在身上的習慣，還真不夠用來付錢問問題的。

「東方的哪裡？」

「朝著東方走。」

花了好幾千塊，都只有「朝著東方走」這個答案，在姜子牙付錢付到要吐血的時候，傅君終於放棄了。

「看來問不出別的了。」他帶著濃濃的失望說：「朝著東方走也太含糊了吧，這樣怎麼可能找到培倫。」

「或許真的可以找到也不一定，不是常常有故事說神仙教人朝著那邊走就會撞大運嗎？」姜子牙安慰道。

他深深地希望真的可以找到，不然真有種被詐騙的感覺。

「走吧。」傅君皺眉說：「有人到處抓人的話，太一可能會願意插手，我們回去找他。」

老闆為什麼不肯幫忙找人？姜子牙有點疑惑，不過等等就可以見到傅太一了，也就不用急著問。

臨走前，姜子牙想了一想，又回頭放了一千塊到碗裡，算是一種感謝，這才跟上傅君的腳步。

「你們也小心一些。」

沒問任何問題，背後卻傳來老人家的提醒。

「你們兩個都是他們想抓的人。」

姜子牙和傅君都是一怔，兩人回頭一望，但牆邊哪裡還有老乞丐的身影，除了他和傅君，這巷子根本沒有其他人。

耳邊突然傳來嬉笑聲，緊接著是車子在遠方呼嘯而過的聲音，說話的聲音也含含糊糊從牆的另一邊傳來。

不用傅君說，姜子牙便知道他們已經出了「界」。

不知怎麼進的界，也不知怎麼出的界，難怪路揚總說他又被困住了。

姜子牙覺得自己也被困住了，打從回家見到小雪那時起，他就被這個既熟悉又陌生的世界困住。

CH.3
隱藏在暗處的……

節之一・大師

一個道骨仙風的瘦高中年人坐在檜木椅上，他穿著改良式唐裝，看起來既有那麼點古風，卻又不會奇怪到像是走錯時空的古人，只能說這個人氣質十分有古風，頗有點隱士高人的味道。

在他面前卻是幾名穿西裝打領帶的經理人，其中一個特別胖的傢伙站在所有人前方，看起來像是這幾個人的領頭羊，頗有些倨傲的神態，但此時，他卻對瘦高中年人必恭必敬，一點都不敢怠慢。

「吳大師，我正打算買一塊地來蓋新建案，想請您過去看看這塊地到底是不是塊寶地？」

吳大師沉吟了一陣子，說：「看地這種事情還得先看人，吳某人好似不曾見過閣下。」

胖子連忙說：「我叫蔡尊保，是李老闆介紹來的，您老叫我小蔡就行了。」

吳大師看了看站在旁邊的助理，赫然就是江其兵。後者立刻遞上幾張資料，並輕聲說：「李老先生確實先打過招呼。」

吳大師點了點頭，滿意的說：「既然是李老介紹來的，這麼看起來，你倒是和我有些緣分，就和我的助理約好時辰，我再過去看看這塊地和你有沒有緣。」

「多謝吳大師！」

蔡尊保喜出望外，連連點頭哈腰。

眼前這位大師據說可不是隨便給人看風水的，要請出他可不容易，幸好自己有先打聽過，據說透過那些曾經請出大師的人介紹過來，才比較容易成功請出大師，所以，他才眼巴巴地求到李老闆面前。

吳大師客氣的說：「吳某人還有些修行未完成，就先告辭了，其他事項和我的學生談吧。」

「大師您請、您請！」蔡尊保可不敢打擾大師修行，這道行越高是越好，自己那塊地還指望著他呢！

鞠躬哈腰地目送大師離開接待廳，蔡尊保那彎著的腰立刻就直了，倨傲地瞄向那位「學生」，就他看起來，這根本不是什麼學生，只是個處理雜事的小跟班，好聽點叫做助理，他自個兒背後就跟著好幾個助理秘書的。

對這樣的人，蔡尊保可沒興趣彎腰巴結，朝後方幾個「助理」一揮手，自然有人會上前處理，他坐著喝茶等待事成就是了。

江其兵開始與對方的助理開始商談各種細項，雖然這些人是來找「大師」的，但是除了被指點的時候想聽大師說話，其他時間倒是比較想跟一般人洽談。

尤其是價碼、時間和地點等等瑣碎細節……完全不該是「大師」應該煩惱的事情，與他這個「助理」討價還價是比較能讓人可以接受的事情。

江其兵耐心的說：「吳大師最近修行繁忙，下個月才有時間過去看地。」

「下個月不行！」蔡尊保立刻插嘴，不滿地說：「買地這回事可得及早下手，不然要是有人過來搶著買怎辦？不能拖到下個月！」

江其兵皺了皺眉，說：「大師要到下個月才有時間處理這些俗務，如果你急的話，可以找別人幫忙。」

聞言，蔡尊保可真急了，他本來以為這是對方討價還價的手法而已，但沒想到一開口就要他去找別人，這可不像討價還價了。

「別、別！我沒想找別人，只是這時間真的不能趕趕嗎？」

江其兵皺了下眉頭，眼前這個人是有點名氣的建設公司老闆，要看的那塊地，他也已經打聽過了，應該沒有太大問題，只是昨天晚上……

想到昨晚，他就想到姜子牙，還有，姜玉之前說過要買些補品好好給子牙補補的事情來，加上兩人的生日也快到了……

他需要一筆錢。江其兵的態度軟化了。

「好吧，我跟吳大師商量，把另一件不急的案子往後挪，下週就請大師去看一下。」

蔡尊保一聽，還是不太滿意，但人家都已經說是跟別的案子換時間，也算是給面子，想想同業應該沒人這麼不給面子硬是要搶那塊地，他也就點頭同意了。

「那我下週什麼時間可以來聽大師說說那塊地的事情？」

「我會給您撥電話。」

蔡尊保這才滿意地領著眾助理離開。

送客人出門後，江其兵皺著眉頭收拾桌上的茶杯。

「江哥。」

聽到叫喚，他抬起頭來，面前是那位道骨仙風的吳大師。

「江哥，你怎麼好像不想接這個案子？是不是有什麼問題？我說啊，江哥，要是有問題，不如就別接了，免得到時還要『處理』，那可花錢了。」

吳大師搖頭晃腦，一口一個江哥，哪還有一點道骨仙風的味道，簡直是個不折不扣的老痞子，配上那身唐裝，整個人簡直不倫不類到了極點。

江其兵哭笑不得地說：「跟你說了別叫我江哥，你比我大多了，還叫我哥，像什麼樣子。」

吳明亮笑咪咪的說：「這可不是年紀，是算資歷！我就是裝裝樣子而已，江哥你比我可厲害得多了。」

江其兵一聽，嘆了口氣，知道自己根本不「厲害」。

這種看風水的工作乍看酬勞很高，但實際遠不如想像中來得好……這麼說也不對，確實有很多風水師賺得荷包滿滿。

應該說，如果江其兵是個心狠的人，遇上真有事的地方時，直接把工作取消或者不管對方的懇求，只告訴對方這間屋子有問題不能住人，其他什麼也不管做，那倒是真能賺上不少錢。

但他偏偏就是做不到，接了工作就要處理到好，所以真遇上不對勁的房屋或者土地，只能花錢買一些「用具」來處理。這都還算好的，要是遇上自己根本無法處理的案子，還得找真正的「專業人士」來幫忙，往往請一次的費用，就能把他好幾次案子的酬勞全都賠進去。

所以，吳明亮才會說有問題就別接，實在是連他也賠怕了。

江其兵知道自己的毛病，所以總是先調查一番再說，像這次李老先生事前先打過招呼，他就先查過這塊地沒傳出過什麼不好的傳聞，這才會直接接下來，要不然，他寧可先和對方推拖一段時間，等打聽好了，對方還有委託的意願再來談。

再多賠幾次，他連養老婆、弟弟和孩子的錢都要沒了。

「不是這案子有問題。」江其兵搖著頭說：「我還來不及告訴你，我昨晚遇見怪事，所以有點遲疑最近要不要先休息一陣子。」

聞言，吳明亮嚇了一跳，連忙說：「江哥，你該不會看見什麼鬼地方，又自己跑過去處理了吧？不是我要說，你可別再這麼心軟了，不要忘記你還有一家子要養，尤其這種事情又危險，能不做就不要做了。」

沒事的案子接下來，有事的地方就不管，這樣豈不是真的成了詐騙？江其兵過不去自己的那一關。

原本他是個教育學生的老師，現在卻成了風水師，雖說只是掛著助理頭銜，但實際上所謂的「吳大師」只是負責撐門面而已，因為江其兵實在做不到偽裝成一個高人，但是，不稍微偽裝一下，那些需要看風水的客人卻不願相信他。

哪怕比起那些有名的風水師，他是真的會處理「那些東西」也沒有用，客人就是不信他這種穿西裝、打領帶，年齡還只有三十歲的「風水師」。

怪的是，他們卻又喜歡來高樓大廈洽談事情，而不是一些古宅。

想到這兒，江其兵不由再看了吳明亮一眼，若不是因緣際會認識這個傢伙，一手安排這些「偽裝」，恐怕他早就去工地扛磚頭養老婆了。

「不是在外面碰見怪事，就在我們工作室。」

昨天晚上，吳明亮照慣例沒事情幹就四點多下班回家去了，江其兵卻還留在辦公室調查今天這個蔡尊保的事情，等到查得差不多，他覺得異常的累，抬頭看時鐘卻明明才六點，還來得及回家吃飯。

他那時就有種不太對勁的感覺，索性起身回家，不料剛出公司大門就看見姜玉牽著他們的女兒江姜，兩個人一起站在門口，看起來像是在等他。

江其兵有些訝異，連忙迎上去。「怎麼過來了？」

「來找你吃飯呀！」姜玉笑吟吟的說：「我今天特別預定餐廳，想跟你好好吃頓飯。」

聞言，江其兵的腳步一滯，心中那股不對勁的感覺越來越強烈。

姜子牙人還在醫院，最近幾天，姜玉憂慮到連飯都煮得特別難吃，不是忘了加鹽，不然就是鹹到吃一口菜得配上半碗飯，怎麼可能會有心思預定什麼餐廳？

「老公，走吧，我們去吃晚餐。」

姜玉的雙眼明亮如星，小巧粉色的嘴唇正巧笑倩兮，年輕的臉龐漂亮得宛如初升皓月，讓任何男人都沒辦法拒絕——

江其兵注視了幾秒，冷冷地說：「我老婆沒這麼漂亮！」

話說完，眼前就突然一黑，江其兵發現自己又回到辦公室內，他深呼吸一口氣，想起剛剛看向時鐘，曾經感覺到不對勁，所以立刻扭頭看時鐘，沒想到竟然已經快十點了。

雖然不知道到底發生什麼事，但這麼晚了，他連通電話都沒打回去，姜玉肯定很著急。

他急得想先打電話回去報個平安，但是手機和室內電話都沒能打通，這時，江其兵才終於明白自己還在界裡面。

而通往公司大門的走廊漫長得怎麼走也走不到盡頭。

直到姜子牙按了門鈴為止。

「什麼？」吳明亮嚇了一大跳，「江哥你沒搞錯吧？我們辦公室怎麼可能會有問題？」

從昨晚詭異的情況回過神來，江其兵點頭同意：「我們都租好幾年了，是不可能突然出問題，不知道是不是有道上人想找麻煩……」

如果真的是，那就麻煩了。

江其兵知道自己只是半桶水，不算真正的道上人，只是以前爺爺曾經是個真正的道上人，耳濡目染之下，他或多或少知道該怎麼處理，這才在失去教職，又擔著一身經濟壓力之下，勉強來當個風水師，一邊幫人看風水，一邊也在網路拍賣上販售一點小道具。

但，這不代表他就是真正的道上人。

「為什麼道上人要找咱們麻煩？」

吳明亮一聽可急了！

他也見過幾次江其兵請來的「道上人」，那可不是說著玩的，一旦和他們對上，真真正正是連怎麼死的都不知道！

江其兵也覺得很疑惑，就算認為他是個假風水師，想要好好教訓一下，但在同行裡，他還算有在做事的。

絕大部分的風水師完全是靠著一本風水書，講著床不要正對著鏡子，或者門口之類的家具擺放，沒有幾個會和他一樣真正去處理事情，就算對方真的要出手教訓假風水師，照順序也沒那麼快輪到他這邊來吧？

「江哥，你說這找麻煩的人該不會是想找我們要錢吧？」

賺了錢又有人會來收保護費這種事，吳明亮看得可多了，這都還沒賺多少錢就已經被盯上了嗎？

江其兵搖了搖頭，說：「如果對方是會濫用這種力量的人，那根本不用找我們要錢，他可以做的事情很多，勒索我們這麼小的工作室是能拿多少？」

這麼說倒也是……

吳明亮點頭同意了，就不提別的，先說這種讓人不知道怎麼死的力量，當個殺手可比收保護費好賺多了。

「靜觀其變吧。」江其兵皺眉說：「這陣子就少接點工作，先觀察看看再說。」

「那你怎麼又接了剛剛的工作？」吳明亮不懂了，怎麼一邊說不接，一邊又接了新工作，他可沒見過江其兵做事這麼矛盾的！

「缺錢。」江其兵簡單的說。

「之前不是才接過兩個案子賺了不少嗎？」

江其兵無奈地說：「最近我妻弟不小心捲入歹徒槍戰，被流彈傷了，正在住院呢，然後最近又不知道為什麼開銷特別大，現在雖然還過得去，但是再不開發新客源，恐怕將來就難過了。」

吳明亮點了點頭，雖然他還是不懂為什麼江其兵總是這麼缺錢，他們的收入可是算很不錯了，江其兵家裡的人也不算多，女兒都還沒上學呢，這是能花掉多少錢？

但他總是一副很缺錢的樣子，若不是吳明亮知道江其兵是個很節省的人，恐怕都要以為對方把錢拿去亂花了。

「你那妻弟真是衰，怎麼就捲入槍戰了？最近的治安未免也太壞啦！」

江其兵其實也有點疑惑，姜子牙會去的地方不多，都是人來人往的熱鬧地點，如果發生槍戰，應該會是很聳動的新聞，但怎麼都沒在電視或者網路上看到相關新聞？

原本他還只是疑惑一下便拋諸腦後，因為有太多情況可以猜想，或許只是警方還在查案子，所以不願公開，可能槍戰沒有出人命，所以記者懶得播報等等……

但是經過昨天晚上的事情，江其兵真覺得有點不對勁了。

雖然姜子牙昨晚並沒有大太的反應，不過沒反應就是最奇怪的反應……不管如何，面對姊夫突然不認他、甚至覺得他是假冒的人，這怎麼也不該是平靜的反應，甚至一個問題都不問吧？

江其兵覺得姜子牙似乎知道些什麼，而且正等著自己主動和他說明。

他覺得很苦惱。

其實，他根本不想把姜子牙牽扯進這些事情，就連他自己也只是走在邊緣，並不是真正進入那所謂的「世界裡層」。

他不想，也沒有那種能力牽扯進去，更不願讓家人有一絲一毫的機會陷進去！

但昨晚姜子牙那反應……

江其兵決定今天早點回家，和妻弟好好談談。

節之二・對門鄰居

江其兵回到家的時候，手上還提了個漂亮的小紙盒，裡面裝著兩個精緻的蛋糕。

他和姜子牙都不愛吃甜食，所以只買了兩個小蛋糕給老婆、女兒吃，光是想到她們吃的時候會露出的甜甜笑容，他的心情就愉悅了起來。

一進門，他就迫不及待的高喊：「我回來了。」

滿室都是飯菜的香味，廚房傳來熟悉的炒菜聲響，江其兵的心口一下子就被滿滿的溫馨填滿。

正炒著菜的關係，姜玉顯然走不開，但卻不忘高喊：「江姜、小雪，去迎接妳們爸比喔！」

……小雪？

江其兵一怔。

「爸爸！」

「爸比！」

兩個小女孩從房間衝出來，幾乎是同時間撲上江其兵，一個抓住左手一個拉住右手，左右兩邊的小臉蛋生得一模一樣，完全分不清楚哪個是哪個。

江其兵看著一雙女兒，微微一怔。

「爸爸，這個是什麼？」其中一個小女孩低頭看著江其兵手上的小盒子。

「好香喔！」另一個女孩驚呼：「是不是糖果？」

「是小蛋糕。」江其兵笑著說：「我買了蛋糕給妳們吃，一人一個，不過現在還不能吃，等吃過晚餐以後再說，不然會被媽媽罵喔。」

兩個小女孩的雙眼都發亮了，看起來可愛無比。

「吃過晚餐都飽了，還吃什麼蛋糕呢？」姜玉端著一盤魚走出來，臉上還帶著無奈卻寵溺的笑容。

江其兵有些困窘的說：「要不然讓她們兩人吃一塊，妳也吃一塊吧。」

對了，他應該原本就是打著這樣的主意，才會只買兩塊蛋糕吧？姜玉也愛甜點，他怎麼可能沒買老婆的份？

姜玉故意搖頭嘆氣說：「我們遲早被你餵成三個女胖子，晚上吃甜點不好，先留著吧，等明天我們再拿來當下午茶。」

那他就看不到妻女吃甜點時的可愛模樣了！江其兵滿心不甘願。

不如明天不要去上班了，反正他原本就打著最近先不接工作的念頭，正好留在家裡看老婆玩女兒，乾脆就在家裡管理網路拍賣上的那些器物好了，最近好像賣得不錯，也已經能算一筆不錯的小外快。

想到這，江其兵便說：「明天老闆要出國一段時間，最近我在家裡工作就可以了。」

姜玉一聽，十分開心的說：「真的嗎？那太好啦，正好幫我看著江姜和小雪，我最近可以好好燉些湯給子牙補補。」

江其兵也笑著應了，但又疑惑的問：「子牙呢？他還沒從醫院回來嗎？」

「他剛打電話回來，說要去九歌一趟。」

聞言，江其兵先回家和他談談的主意打了個空，不禁咕噥：「受了傷怎麼還到處亂跑？」

姜玉也跟著抱怨：「我也是這麼唸他的，才剛被流彈打傷，這麼可怕的事情，他怎麼都不怕呢？好歹也該躲在家裡一陣子吧？」

「男孩子哪有這麼怕事的。」聽到姜玉這麼說，江其兵卻又忍不住幫忙緩頰，「要是他這樣就躲在家裡不敢出去，就換我要唸他了。」

聞言，姜玉白了老公一眼，「我去把剩下的菜炒完，你把蛋糕拿進來冰，順便幫我把湯端出來吧。」

「是，老婆大人。」江其兵笑吟吟的跟進廚房，還不忘轉頭跟兩個小女孩說：「你們在客廳等吃飯，別調皮喔！」

「是，爸比！」

「好，爸爸。」

兩個小女孩乖巧的點頭答應，但江其兵一低頭看見這對雙胞胎，眼前卻閃過一絲疑惑，他總覺得好像不太對勁……

「老公？」姜玉疑惑地從廚房探頭出來。

江其兵猛然回神，笑著揉揉兩個女孩的頭，同時對老婆應著「來了」，然後快步走進廚房。

兩個女孩默默站在客廳，其中一人擔憂的低聲說：「江姜，爸爸剛剛看起來好像怪怪的，他是不是發現不對了？」

江姜點點頭，「不過爸比至少比哥哥好騙多了，我們根本騙不了哥哥。」

小雪嘟著嘴說：「當初妳明明說可以騙過大家的，結果最後只能騙過媽媽。」只能騙到……姜玉嗎？

江姜遲疑了一下，決定不深思這個問題，免得越想越糟糕。

「誰叫妳還沒成虛，對面鄰居的幻都變成虛了！」江姜抱怨：「妳怎麼這麼慢啊？只是幻的話，很容易就被發現了，不知道還可以騙爸比多久。」

「妳問牙牙哥哥啊！」小雪不滿的說：「他把對面的管家都變成虛了，結果卻不能讓我也變成虛。」

江姜揪緊眉頭，但她卻也沒有什麼好辦法，只能說：「妳之後就用替身待在家裡，其他時間去哥哥身邊待著吧，哥哥很厲害的，一定可以讓妳成為虛！而且妳再不成為虛，可能瞞不了爸比多久。」

聞言，小雪也只能點頭了。

江姜憂慮的說：「而且，我怕自己之後再也不能幫妳了。」

「為什麼？」小雪大驚，深怕江姜不想再幫她，那她這個區區的幻能怎麼辦？

「我覺得最近忘掉的東西好像越來越多了……」

這時，在廚房的夫妻一邊說話一邊走進客廳，江姜只能閉上嘴，不再繼續討論這個問題。

其實遺忘才是最好的，江姜也知道這點，但是卻又覺得自己還不能把一切全部忘掉，專心當個小女孩，似乎還有什麼事情讓她不能這麼做，但，她卻已不記得那個原因了。

更何況，現在還有小雪這個顧慮。

咦？這麼說起來，那個「原因」應該不是小雪了？江姜皺著眉頭試著要想起來，但卻一無所獲。

「看來子牙真的不回來吃晚餐了。」姜玉憂慮的說：「這樣跑來跑去對他的傷口不知道有沒有影響，等他今晚回來，我要好好念念他。」

「他還要上學呢，也不能不出門。」

江其兵其實也有點擔心，他早點回家本就是想跟姜子牙談談，沒達到目的也有些失望，但是姜玉都說要「唸唸」子牙了，自己這個姊夫總不好再落井下石。

說得倒也是……姜玉開始覺得或許自己擔憂得太多了，只是她和弟弟相依為命太久，實在沒辦法不關心擔憂對方，她相信若今天受傷的人是自己，姜子牙絕對只有比她更緊張的份。

姜玉把小雪抱上椅子，看著江其兵將江姜也抱上另一張，兩人微笑看著一對雙胞胎女兒，隨後又相視一笑，這才坐下來吃飯。

「老公，吃完飯，我們過去對面打擾一下好不好？」

姜玉向來不奉行「食不言」這點，平時江其兵工作十分忙碌，有空閒聊的時間也不多，如果連吃飯都不能聊聊天，那一家人都要生疏了。

「對面？是說對門的鄰居嗎？」江其兵好奇地看著自己的小妻子，倒是很少聽說她和誰有往來，這也是他最心疼對方的一點。

姜玉點點頭，說起今天的事情來，「對面住著一個作家和她的男朋友，喔，對了，今天還多了她男友的弟弟，兄弟倆都是外國人呢！兩個人都很有禮貌，今天還特地過來打招呼呢！我們去回個禮也好。」

……外國人？江其兵點了點頭，有點訝異對門竟然住了兩個外國人，印象中，對面好像是住著一個女人，不過真要細想，他還真完全不記得對門鄰居的長相。

「媽媽我不要去！」小雪立刻嘟著嘴反對。

姜玉一怔，不解的問：「為什麼呢？是來過家裡的那兩個哥哥，妳不想跟他們玩嗎？」

「那兩個哥哥長得好高，好可怕喔！」小雪狡詐的說，反正她只是個小孩子，喜歡和討厭都不需要太多理由。

江姜連忙應和：「對啊！爸比和牙牙哥哥都沒有那麼高！」

江其兵默默地哀傷，他好歹也號稱一七五，已經不矮了好嗎？不過聽姜玉說對門那兩個是外國人，自己的身高會輸人家也不奇怪。

姜玉一聽，倒是疑惑了，那兩個外國人是挺高的沒有錯，而自己老公確實也不高，但姜子牙可是個長人，論起身高恐怕也不輸給那兩人，怎麼江姜和小雪會怕長得太高大的人呢？

江其兵體諒的說：「我等等幫她們兩個洗澡，妳趁著那時候過去和鄰居聊聊天吧，既然就住對門，遠親不如近鄰，多多來往也是件好事。」

「可是你工作一天也累了吧？」姜玉實在捨不得讓丈夫辛苦工作一天回來還得照顧女兒。

「是累了。」江其兵笑著說：「所以想跟可愛的女兒一起洗洗澡，放鬆一下，要不然等她們長大以後，我都變老爸了，那時可就沒這種好康福利。」

姜玉笑了出來，不再堅持。

等到吃飽飯，洗好碗盤，又陪丈夫孩子看了一下電視，她就迫不及待地拿上烤好的回禮——餅乾，過去對面串門子了。

「看來妳們媽媽真的很喜歡對門的鄰居。」

江其兵感到十分好笑，卻很高興姜玉終於找到談得來的對象。

他摸了摸兩個小女孩的頭，說：「妳們可要跟人家好好相處，不能因為人家長得太高大就討厭他們喔！」

江姜和小雪只好點頭答應了，只是在江其兵轉身去浴室放水洗澡的時候，兩人互看了一眼，在彼此的臉上都找到苦哈哈的表情。

這對門鄰居的家是絕對不能去的！

江姜最沒有把握能夠保護小雪的地方，就是御書的家。上一次被姜子牙帶進去，結果她被御書的一個斥喝趕出去，可見那個家根本就是一個強大的界，御書就是那裡的王！只要踏進去，生死就掌握在御書的手上。

太危險了，絕對不能進去那個界！

「想什麼呢？」

兩個小女孩嚇了一跳，轉頭一看，江其兵正溫和地笑看兩人，一看見他的話讓兩個小傢伙嚇了一大跳，立刻啞然失笑。

「真是，在想什麼呢？我叫了老半天也不來洗澡。」

江姜和小雪當然不敢解釋，乖巧地進去浴室洗澡，洗得很是戰戰兢兢，就怕少掉衣服的遮掩，江其兵會看穿小雪的球形關節。

幸好，江其兵什麼也沒有發現，一點異狀都沒有就度過洗澡時間。

「江姜，妳可以自己先擦一下頭髮嗎？我先給小雪吹頭髮，等等再換妳。」

有兩個女兒，江其兵突然覺得兩隻手不夠用了，從洗澡的時候就覺得手忙腳亂，也不知道平時姜玉如何同時照料兩個小女孩，但這樣的慌亂卻讓人不知不覺就嘴角上揚。

江姜點點頭，一邊給自己擦著頭髮一邊思考，她覺得很奇怪，江其兵明明就不是什麼都不知道的普通人，為什麼看不穿還是個幻的小雪？

她總覺得自己好像少了很多記憶。

希望忘記的事情裡面沒有太重要的東西。

不知道她還能記得小雪誕生的原因多久呢？

「姊夫，你回來啦，今天不用加班嗎？」

江其兵抬頭朝房門口一看，站在門口的人不是姜子牙是誰？

「嗯，有事想和你談談，所以就早回來了，但沒想到你倒是比我晚回來。」

姜子牙不好意思的笑了笑，道歉：「有點事耽擱了。」

「現在忙完了？我有些事想問你。」

江其兵有點拿不定主意是要趁著姜玉不在的時候，和姜子牙把昨天的事情談開，還是要等姜玉回來照顧女兒的時候，兩人再到一旁去說。

不過低頭一看，兩個女兒都這麼小，他和姜子牙說什麼，她們也不會懂，而這個家又不大，難保姜玉不會來聽他們兩人說話，所以還是趁著她不在的時候，快些談完比較不麻煩。

「好。」姜子牙點頭說：「讓她們在這裡玩吧，我們去客廳說話。」

江其兵遲疑了一下，回頭看著兩個小女兒，說：「妳們在這裡玩一下，爸爸跟哥哥去客廳聊天，如果妳們無聊了，再過來找我們好不好？」

唉！是舅舅啦！怎麼連他也跟著「哥哥」了？江其兵十分懊惱，這輩分問題可真是亂七八糟了。

小雪乖乖點了頭，江姜卻是一聲「不要」，然後牢牢抓住爸爸的手。她的舉動讓小雪愣了一下，心中察覺不對勁，連忙學著江姜，也抓緊江其兵的手。

江其兵只有無奈的說：「算了，讓她們跟著到客廳來好了。」

姜子牙卻露出為難的神色說：「姊夫，這恐怕不太好，我們要說的話不方便讓這麼小的孩子聽，還是讓她們先留在房間吧。」

江其兵開始感覺不對勁，子牙講話什麼時候這麼……文縐縐的了？

起了疑心以後，江其兵開始想起更多疑點。剛才有聽到大門開啟的聲音嗎？似乎沒有任何聲響，姜子牙就突然無聲無息地站在房間門口。

江其兵反抓緊兩個小女孩的手，盡可能地用輕鬆的姿態說：「那好，你先去客廳等我，我安慰一下她們就過去找你。」

聞言，姜子牙站在房門口，沉默半响後，點頭答應：「好的，那我先過去等您。」

好的？您？江其兵努力不讓自己的表情太過扭曲，他可不知道自己的妻弟講話這麼、這麼……這到底該怎麼形容？是有禮還是復古？

看著姜子牙轉身離開的姿態，江其兵更沉默了，他感覺還是很不對。

他低頭看著兩個可愛女兒，勉強扯一抹笑容說：「爸爸去客廳看一下，妳們乖乖待在房間好不好？」

「不要！」江姜怎麼也不肯放手，固執地說：「一起去客廳，我和小雪不要自己待在這裡！好可怕！」

聽到這話，江其兵也猶豫了，把兩個孩子單獨留在這裡確實不見得比較安全，還是帶在身邊得好，而且也得快點過去，沒時間再思考下去，姜玉也不知道回來了沒有。

希望一切是自己想太多了。

深呼吸一口氣，他領著兩個女兒進入客廳，卻哪裡有姜子牙的蹤影？

他沉默不語，再走到鞋櫃前方一看，果然，姜子牙平時穿的運動鞋也不在。

江其兵出了一身冷汗。

「哥哥去哪裡了？」江姜特意說：「要不要打電話問他？」

江其兵這才想到這個解決方案，連忙拿起電話就撥打出去，他由衷希望會從房間傳來電話鈴聲，一切都是他想多了，姜子牙搞不好只是今天特別有禮貌，也只是去房間拿個東西，所以才不在客廳。

話筒中開始傳來鈴聲，但周圍卻沒有手機響的聲音。

您撥的電話沒有回應，請在「嗶」一聲後留言……

竟然沒人接？江其兵皺緊眉頭，雖然他想安慰自己，姜子牙本來就很常漏接電話，十次有九次都得等他發現來電再回撥，不是什麼奇怪的事情。

但，他就是沒辦法不擔心。

「子牙，你怎麼這麼晚還沒回來？」

其實時間還不算晚，但是剛發生這麼奇怪的事情，電話又打不通，江其兵就是覺得太晚了！

「聽到留言就立刻打電話給我！」

他心急如焚。

該不會姜子牙那邊也出了事？

節之三・敵人

往東或者往九歌書店？

姜子牙和傅君一脫離界就遇上難題，界裡面的老乞丐讓他們朝著東方走，但是九歌書店卻不在東邊，而傅君想去把這些事先告訴傅太一，求對方出手找人。

「如果先到九歌，再朝東走，這位置應該就不一樣了吧？」

姜子牙猜測，剛剛的老人是要他們一出巷子就朝東方走。

傅君遲疑了一下，說：「嗯，就算我們先去九歌，再回到這裡朝東邊走，可能也會不一樣，因為時間已經不同了。」

「那怎麼辦……對了，打電話給老闆吧？」

傅君搖頭說：「不行，太一本來就不想管這些事，打電話過去一定會被他敷衍掉，我要直接過去找他，把他拖出來幫忙找人。」

聞言，姜子牙也同意了。

老闆就是個不認真工作的傢伙，連自家書店都不好好顧，要他幫忙救不相干的人，可能真得用硬拖的了。

「你去找老闆，我朝東邊走走看。」

傅君立刻反駁：「不行，子牙哥你還一知半解，遇上事情也沒辦法解決，搞不好還有危險……啊，對了，你可以找路揚哥過來幫忙！」

姜子牙想說路揚還在上課，但是一個轉念想到這可事關人命，沒有比這更合情合理的蹺課理由，所以立刻點頭同意了。

「你先過去找老闆，我朝東邊走，順便連絡路揚過來會合。」

姜子牙越說越覺得這是個好主意，不過……

「你和路揚早就知道對方都是同類嗎？是不是還串通好一起瞞著我，你們這些傢伙！明明知道我有那種奇怪的眼睛，還什麼都不告訴我！」

他吃人的心都有了。

傅君連忙搖頭說：「沒有串通啦！路揚哥知道太一是道上人，可是他不知道我也算是，所以要串通也是他們兩個串通，和我沒有關係喔！」

「所以，他們真的有串通是吧！」

「應該是沒有，只是彼此有了默契，大概是這樣……呃，我真的不確定啦，子牙哥你不要欺負小學生！我、我要去找太一了，子牙哥你也去找路揚哥吧！」

傅君落荒而逃。

姜子牙收起張牙舞爪的表情，看著傅君奔逃的背影，開始懺悔自己欺負小學生的舉動，但是想了一想，又覺得十分解氣，讓這些傢伙知道以後不可以再瞞著自己！

姜子牙打了電話給路揚，但沒人接聽，他也不意外，現在還是上課時間，路揚再怎麼是個不認真的學生，也不能在上課時間把手機拿出來接聽。

他們外文系可是分組上課的，一個組不過十來名學生，教授根本不用點名，一個眼神掃過去就知道誰沒來上課，誰敢在教授的火眼金睛之下接手機，那堂課大概就死當了。

再過半小時就是下課時間，不如邊等邊走好了。

朝著東方走，乍聽之下很簡單，但姜子牙可沒有隨身攜帶指南針的習慣，哪邊才是東方真是個大問題，他只好走進五金行買了個簡易指南針，終於知道自己該往哪邊走，之後又先給姜玉發個電話，找藉口說要去九歌暫時不回家了，這才依照老頭的情報朝著東方走。

他一邊走，邊不時注意著周遭的孩子們，可惜沿路看到的都是一些有父母牽著的小孩，年紀也太小了，根本不可能是傅君的同學。

以現代的道路，要直直朝東方走其實是個大難題，不時就會遇上建築物擋路，非得繞個路再繼續朝著東方走。

這種走法，好像不算直直朝東方走了吧？

姜子牙走了半小時還是沒發現任何可疑的人事物，覺得自己八成因為走得彎來拐去，早就已經錯過了。

這時，他的手機響了起來。

一接通，立刻聽見路揚的聲音。

「子牙，你找我有事？要我去接你出院嗎？」

「我已經出院了。」姜子牙遲疑著還要不要繼續走下去，有必要把路揚找過來嗎？但想想事關一個孩子，能走多遠是多遠吧……

他把事情經過簡單跟路揚交代一遍，然後得到路揚深深地嘆了一口氣：「你喔，家裡的器妖都沒解決，居然還想去救人？」

姜子牙心虛了，因為自己根本沒想解決那個「器妖」啊！說跑來救人是想轉移目標也不為過，有點別的事忙，路揚也就不會整天想著要去解決小雪了吧？

「我現在就過去，你繼續朝東方走，看看能不能找到線索，然後跟我報你走到的地點，別掛斷電話，不管看見什麼可疑的東西都要告訴我。」

「你是要爆掉我的電話費帳單啊？」

雖然想到之後的電話費帳單就肉痛，姜子牙卻立刻邁開腳步，還頻頻看向手中的指南針，也沒掛斷電話。

「報公帳就好。」

「跟誰報公帳啊？」姜子牙沒好氣的說：「我總不能去跟謝培倫的媽媽報電話費帳單吧？」

「跟傅太一，既然是他兒子要找同學，又是他叫你找我，那當然是跟傅太一報公帳，千萬別放過他！」

姜子牙好奇了，故作不滿的說：「原來你跟我家老闆很熟，還串通好一起瞞著我這些事情。」

「誰跟他串通了！我只知道傅太一也是道上人，曾經問過幾句，他說你爸拜託他多關照你，所以他才雇用你當工讀生。」路揚遲疑了一下，「其實後來我想一想，懷疑他就是……算了，還是見面再說吧。」

「幹嘛要說不說的？」姜子牙從手機中聽見機車發動的聲音，連忙說：「你在騎車了嗎？我掛斷電話吧，你可別為了聽電話單手騎車，太危險了！」

「誰單手騎車了，表演特技呀？我用耳機啦，還是藍芽無線的呢！姜子牙你跟上時代潮流好不好？」

「我有用手機就夠潮流——」

嘴上突然被人摀住，姜子牙還來不及反應，整個人就被拉進一旁的廂型車裡去，手機脫手滑飛出去，狠狠摔到馬路上，被車子一輪子輾成一堆碎片，緊接著廂型車門被一把拉上，飛快開走了。

路邊的行人目瞪口呆看著這一幕，直到廂型車開遠了，這才反應過來，大聲尖叫：「綁架啊！有人被綁走啦！」

◌ ◌ ◌

朝著東方走，很好！

姜子牙是找到謝培倫了，卻是被五花大綁，以階下囚的身分找到的。

那個老人明明還提醒過自己，對方想抓他和傅君，結果那句「朝東方走」卻又讓他自投羅網了，雖然是真的找到想找的人了，但他的目的是要救人，不是要連自己都賠上去啊！

雙手被綁在前方，嘴上還貼著膠帶，姜子牙不是獨自一人，雖然視線昏暗，只有一顆電燈泡要亮不亮地懸吊在天花板上，但他仍舊看見周圍有幾個人都像自己一樣被綁住雙手，又被膠帶封住嘴巴。
眾人都把背靠在牆上，就算只露出眼睛也看得出滿滿的害怕和不知所措。
姜子牙很快就發現其中有個和傅君差不多大的孩子，仔細地觀察了下對方的眼眉，肯定是謝培倫沒有錯，但對方似乎沒有認出他。
現在的情況真是太莫名其妙，姜子牙完全不知該怎麼辦，台灣的治安有敗壞得這麼誇張嗎？不但當街擄人，還綁了不少個，這看起來不是要贖金，倒像是要把他們賣去挖礦之類的，難不成這是所謂的人蛇集團？
姜子牙暗暗叫苦，如果真的是這種事情，那他的左眼、甚至是路揚他們也沒有用武之地了吧？
這段時間一直都過得很虛幻，能不能不要突然變得這麼現實啊？
昏暗的燈光之下，一個高大的男人突然出現在電燈泡下方，嚇了姜子牙好大一跳。
難道這裡也是個「界」？姜子牙試著用左眼去看周遭環境，但是光線實在太暗，連牆壁是什麼顏色都看不出來，哪還能分辨出什麼東西來，他只能專注在眼前這男人身上。
高大男人走到他的面前，臉上完全沒有遮掩，姜子牙就覺得這下子慘了，新聞看多就知道，要是綁匪完全不遮臉，那可就糟糕了，對方不是打算撕票，要不然就是有把握你肯定沒法出面指認他，例如他要把你賣去不見天日的礦坑。

姜子牙在打量高大男人，同時，高大男人也在打量著他，看了幾分鐘，走上前把他嘴上的膠帶撕下來。

一可以說話，姜子牙就試著「伸冤」。

「你是不是抓錯人了？我又不是有錢人家的小孩，你們抓我也沒多少贖金可以拿，根本得不償失，乾脆讓我走吧，我一定會當作這件事完全沒有發生過！」

「和你沒關係？」那個男人笑了笑，說：「那你倒是告訴我，張東平是怎麼死的？」

「那是誰？」姜子牙真的疑惑了，他從來沒聽過這個名字，難道這個人還真的抓錯對象了？他有沒有這麼衰啊？

「他帶著一隻稻草人、女屍還有一具爬行腐屍，怎麼樣，想起來了嗎？」

是那個抓走路揚來要脅他交出小雪的人！

姜子牙臉色一變，這件事果然還沒完。

一看見他的表情，高大男人就知道他明白了。「我叫張東岐。」

靠，連名字都告訴他了……等等，他也姓張？該不會……

「那個不成器的張東平正是我的堂哥。」

姜子牙的臉都黑了，雖然人不是他殺的，但自己就在現場，而且還真的不是和他完全沒關係，畢竟傅君會打那通電話來也是為了救他，結果導致那男人被他自己的三隻妖殺了，死狀還慘不忍睹，這仇可真是結得深了。

他忍不住偷瞄著張東岐的表情，只希望對方和堂哥的感情不要太好。

張東岐只是淡然的說：「我這堂哥一向膽子小，得到可能有器妖的消息後，雖然他眼紅要來抓，不過就算帶著三隻器妖，他也不敢自己過來，還找個幫手一起設下『界』。」

說到這，他瞄了姜子牙一眼。「能夠識破張東平找人一起設下的界，還策反三隻器妖殺死他的傢伙，絕對不可能只是一個快成虛的器妖！」

確實不是小雪，事實上小雪唯一做的事情是幫姜子牙擋了一槍，而且還沒完全擋掉！

姜子牙看向謝培倫，對方和其他人一樣都歪倒在地上暈迷不醒，但剛剛明明還醒著，也不知道張東岐做了什麼。

謝培倫明明和這件事沒關係，難道他是被當成傅君，所以才被抓來的嗎？

「就算你是因為那件事情才抓我，但這和謝培倫根本沒有關係，你們抓他來幹嘛？」

姜子牙特地說出謝培倫這名字，想讓對方發現他抓錯人了，或許會放走這孩子也說不定，再加上對方好像發現家裡不只小雪了，這實在太危險，趕快扯開話題！

張東岐卻是訝異了，頗感興趣的說：「怎麼你們認識？他和這件事沒有關聯，沒想到你們居然還有關係，該不會也是親戚吧？那就太好了，家族遺傳的能力都特別強大！」

又是家族遺傳……姜子牙不知聽過多少次這句話了，這遺傳就不要來自老爸那邊的血緣，不然下次看見他，姜子牙一定先暴打父親一頓再說！

「我只是認識他同學，他姓謝，我姓姜，哪來的家族遺傳。」

姜子牙可不敢讓對方知道自己的「家族」有什麼遺傳，如果牽連到家裡的姜玉、江姜和小雪，那他真是死不瞑目——呸呸呸！他在說什麼啊！自己才不會死！

張東岐只是笑笑沒反駁他，這讓姜子牙感到很是不安，不知道對方到底信了沒有，可別真的去找上他姊啊……不對，如果對方還是想要小雪，那一定會去他家！

姜子牙只能期待姊夫也是個很強的「道上人」——這三個字聽久了，連他都會講了，但是卻不怎麼明白怎樣才算「道上人」，這些人又到底有多厲害？

現在看起來，他還是覺得一把槍厲害多了，之前事件受的傷也是被槍打中，和那三隻妖都沒什麼關係。

張東岐上下掃著姜子牙，「看來你沒把器妖帶出門，打電話回去，命令那個器妖過來。」

姜子牙遲疑了一下，這電話是一定要打的，他還想活命呢！但重點是這通求救電話要打給誰呢？

「別想弄什麼鬼，你家裡的狀況，我都調查清楚了。」張東岐冷笑一聲，「別指望你的姊夫，他根本不算道上人，來了沒用，我可不是張東平那廢物！是男人就自己擔著，把姊夫留著活命，好養你姊姊。」

聞言，姜子牙振奮了！這傢伙只提到姊夫，沒提到路揚，更沒說到老闆，就連御書都沒份——不過話說回來，對面的鄰居應該也不會來救他吧？

張東岐把手機拋給姜子牙，同時掏出來的還有一把槍，他發出警告：「用擴音模式，說話小心點，區區一隻器妖，得不到就算了，我沒那麼在意你的命！」

靠——他就說槍比什麼都可怕！

看著漆黑的槍口，姜子牙也只能乖乖打電話。

「喂，您好，這裡是——」

「姊夫。」姜子牙連忙叫了一聲止住對方的話，說：「我是子牙，你和姊都在家嗎？」

「子牙⁈你是不是……」

姜子牙再次急著說：「我要找江姜和小雪說話，想買個蛋糕給她們吃，問問她們要吃什麼口味。」

手機沉默了好一陣子，姜子牙整個都緊張起來了，開始後悔也許自己挑錯打電話的對象時，才傳來聲音說：「我剛看了一下，她們兩人應該在房間裡，我去找找，你等我一下。」

「好。」姜子牙心中鬆了好大一口氣。

沒有多久後，手機就傳來小女孩的高叫：「哥哥。」

「小雪嗎？」

姜子牙有點驚奇，雖然他猜想著對方可能有辦法搞出小女孩的聲音，但猜想成真的時候，他還是很驚訝，所謂的道上人果然還是有點神奇之處。

「嗯！」

姜子牙故意用命令的口氣說：「小雪，妳立刻出來，就到——」他看向張東岐。

對方十分順口的說出一組地址。

「聽到地點了嗎？絕對不准耽擱，馬上過來！」

「是，主人，小雪立刻就過去。」
聽到「主人」這詞，姜子牙的頭皮都發麻了，被叫主人的感覺真是太奇怪了，不過得到立刻就過來的回應，他還是感覺安心許多，幸好……
對門鄰居不是真的不會來救他。
姜子牙剛剛就明白自己不能打電話回家，張東岐都說了姊夫不算道上人，那他不能把姊夫捲進來，要是他和姊夫都出了事，那姊姊該怎麼辦？
如果要打給路揚，這傢伙根本不可能臨時搞出小女孩的聲音來回應，一定會被拆穿，到時他小命就不保了。老闆那邊也是一樣，總不能期待傅君有辦法裝成三歲女娃的聲音。
倉促之下，姜子牙也只能打給對門的鄰居了，既然御書都可以把書中的角色弄出來，弄出一點女孩聲音應該不會太難吧？
還好沒選錯人。
張東岐走上前收回電話，然後竟把槍口抵到姜子牙的額頭前方，扯開一抹陰慘慘的笑。
為什麼？姜子牙愕然，要帶走器妖不是需要他的同意嗎？之前小雪就是這麼說的，對方怎麼可能會殺他，這樣一來——

「砰！」

姜子牙渾身一震，瞪大眼，滿臉都是水。

張東岐哈哈大笑，將手上的水槍丟到姜子牙面前，戲謔地說：「我可不是張東平那廢物，道上人還帶槍那種東西，以為自己混的是黑道呢！」

他看著姜子牙，嘲諷的說：「不過帶把水槍倒是不錯用，起碼你們這種普通人最怕這玩意兒，隨便指指就怕得像鵪鶉似的，什麼都肯做，上一回我就拿槍這麼一比，有人連老婆兒子都能殺了，這比起設界可來得簡單多了，哈哈哈——」

「……」

雖然拿的是水槍，但姜子牙覺得這傢伙比他那個拿真槍的堂哥要恐怖多了。

CH.4
這間書店

節之一・老闆

傅太一拿起送貨員剛送來的新書，足足有三十多本，嚇了他一大跳！這些個作家要嘛都不出書，要嘛就全都一起來了！也不考慮一下讀者一次要買這麼多書，很辛苦的好不好！

隨手翻看著有沒有自己正在看的小說，傅太一發現某個熟悉的書名，立刻「嘖」了一聲。

「真難得，還以為御書還得再拖幾個月才會出這系列，我都要讓讀者問死了，她總算是肯出下一集了。」

傅太一興致勃勃，連清點書籍都懶得幹，直接就把這本書拆封，立刻就看了起來。

這本書算是未來科幻，講著英雄的故事，他對這種題材的興趣其實不大，但是卻很喜歡裡面的主角——應該也不是說喜歡，只是每次看著這主角又在鑽牛角尖，還有許多莫名其妙的堅持，傅太一就忍不住想痛罵這傢伙一頓，常常一本小說就這麼邊罵主角邊看完了。

這麼一邊看一邊罵卻又不討厭這本書的閱讀經驗可也不多見，所以，傅太一還是很喜歡看的。

泡好茶潤喉、打開小說，傅太一正想要開始好好罵罵主角，卻看見一個人影快速地衝進書店來。

他皺著眉抬起頭來，以為是妖類，正想斥喝一聲趕對方出去，但是卻看見自己難得蹺課的兒子跑進來了。

「小東你回來啦？」傅太一可高興了，說：「那正好，來幫我顧店，我看個小說——」

「看你個頭啦！」傅君怒極了，罵道：「那不是店裡要賣的書嗎？你怎麼拆了？」

「這本是我有收的啊，每次都會多訂一本自己留下來看，你又不是不知道。」傅太一委屈的說：「怎麼突然就罵人了呢？我好歹也是你父親耶。」

傅君瞪著這所謂的「父親」，平時就沒個父親樣，叫人怎麼把他當父親對待啊？「是我父親的話，就把店關了，跟我去找培倫。」

傅太一揪起眉頭來。

「我們不該摻合進表層世界的事情，不可以用能力去對付普通人，我不是早就告訴過你了嗎？你想去找培倫沒關係，但只能靠雙眼和雙腳去找，多我一雙眼、一雙腳也沒差別。」

傅君搖頭說：「但謝培倫可能是被牽扯進裡世界了，我和姜子牙去找他的時候——」

說到這，他卻看見傅太一猛然站起身來，神色十分可怖！

雖然太一平時都吊兒郎當的樣子，可一旦認真了，就連傅君都會收斂神色，不敢再對父親擺出小大人樣。

「你剛說和誰去找他？」傅太一竟用嚴厲的語氣問。

「子牙哥……」

很明顯，姜子牙沒有跟著傅君過來，而聽到這句話時，傅太一已經感覺不對勁了，這完全不是個好兆頭。

他的臉色難看得無以復加，問：「那他人呢？」

傅君不敢隱瞞，立刻把事情一五一十地說出來。

「巷子裡的是禍福相伴——禍福老人。」傅太一覺得很頭痛，說：「許久以前，那個路徑就讓人封了，你們沒事進去幹嘛？」

「找培倫啊……」傅君低聲回答。

傅太一覺得頭更痛了。

早知道他就不讓傅君請假去找，本來想著傅君有同學愛很好，而這可能是個不錯的人生經驗，不管那孩子最後能不能找不找得回來，找回來是種欣喜高興，找不回來或許難過失落，但都是世間的正常情感，傅太一很樂意讓傅君去體會。

沒想到傅君竟然會遇上姜子牙，若是沒遇上，以小東的能力不可能打開那個路徑。

偏偏傅太一千算萬算就是漏算了姜子牙這個變數。

……唉，姜尚老友，你留下的責任未免也太過重大了。

看著傅君不解且不甘，卻又不敢開口反駁的表情，傅太一不禁放鬆了冷峻的神色，就算對方平時表現得再怎麼成熟，不就是個孩子嗎？

就算他曾經跟小東說過姜子牙很特殊，早前也交代不要告訴那傢伙任何事，不要把他帶進裡世界來，但最近姜子牙卻自己走進來了，所以，他又交代傅君可以慢慢開始告訴姜子牙一些事情，但還是先不要說得太多……

傅太一都覺得自己真矛盾，更何況是傅君這樣一個小孩。

「子牙一定找到你同學了，這是福，但是他也一定出事了，這就是禍，聽禍福老人的話，向來禍福相伴，所以那路徑才讓人封了，雖然有禍有福，但多半還是禍大過於福。」

聽到姜子牙出了事，傅君的臉立刻就白了，再聽到禍大於福，這下子真的沒法子冷靜了，連忙說：「我、我有叫他要找路揚哥一起，太一，你不是說路揚哥很強嗎？」

傅太一沒好氣的說：「你是不是漏了一句話啊？我是說『以他的年紀來說』，他算是很強，天資難得．見，現在這年代已經幾乎不曾見過了，如果是許久以前，他倒是只算天資上等，還不到難得一見。」

傅君哪管什麼很久以前，他只擔心現在！

「那路揚哥到底能不能保護子牙哥啊？」

「我不確定。」傅太一沉重的說：「聽你說起來，你同學似乎是先被妖追逐後被人帶走，但是那條路沒有妖物居住，他也絕對不可能進去禍福老人的界，而照理說一個才國小的孩子應該也不會惹到太強大的妖物，這幾點綜合起來，我想是有道上人在亂搞。」

聞言，傅君立刻雙眼發亮，說：「既然有道上人參與，那太一你就該出手了吧？」

傅太一白了兒子一眼，「你是在高興什麼啊？有道上人參與，你家子牙哥更危險了！」

「反正有太一你出手就沒問題了。」傅君反而覺得有道上人參與更好，這樣才能逼傅太一出手。

「最好是我出手就都沒問題，你到底當你老爸是什麼啊？」

傅君抬起頭來，輕聲說：「是東皇啊。」

這種時候，他卻對父親很有信心。

傅太一微微一笑，說：「還不是呢，我的小東君。」

他伸手揉了揉傅君的頭，惹來對方不悅的白眼，但傅君卻又不敢像平時那樣反罵，讓傅太一頗為受用，忍不住對那顆小腦袋又揉又搓，最後終於成功激怒自己的兒子，一把扯開他的手，還狠狠甩開去。

傅太一哈哈大笑道：「好啦，打電話給路揚和子牙吧，問問他們在哪裡，我過去和他們會合，也是時候讓他們知道一些狀況，反正提攜後生本來就是我們的責任之一。」

傅君笑著點點頭，正想打的時候，手機卻自己先響了，畫面上的聯絡人還寫著路揚。

他接起電話來，語氣欣喜的說：「路揚哥，我和太一正想——」

「子牙被人擄走了。」路揚的語氣十分冰冷。

傅君一怔，腦中滿滿都是那句「禍大過福」。

◎　◎　◎

御書看著管家把電話放下來，心裡感覺十分煩躁又惱怒，這一波未平一波又起，姜子牙這小子簡直比小說還精彩！

她只是負責寫小說的人，可沒打算過小說的生活啊！

「怎麼樣？那小子又出了什麼事？」

管家暗自推測：「我想他是被人抓走了，目的似乎又是那個器妖，小雪。」

聞言，御書反而放鬆表情了，隨性的說：「不是知道他有真實之眼或者他家有『真』就好，一旦知道他有那種眼睛，家裡又出了『真』，他全家不被統統抓走才怪！」

管家一聽就皺了皺眉頭，又看御書似乎沒有反應，他忍不住開口問：「那麼您打算去救他嗎？」

聞言，御書似笑非笑地看向自家幻妖，調侃的說：「那你呢？你想去救他嗎？」

管家的眼神一個閃動，恭敬的說：「只有主人想的事才是我想的事。」

「想什麼事？」

不等御書回答，管庭打個哈欠走出來，手上還拿著一顆紅蘋果在啃。

歪了，果然是歪了！御書臉皮一陣抽動。

在書裡，管庭分明就不喜歡吃蘋果，一跑出來就整天在啃蘋果是怎麼回事？要長歪也不用直接朝著反方向長吧？

「想著是否要去救姜子牙。」管家開口說，目的是要再次提醒御書。

「救他幹嘛？」管庭咬了一口紅豔豔的蘋果，邊嚼邊說：「你不是剛去對面想誘開那個江其兵，讓主人帶著姜玉去把器妖帶過來，但卻騙失敗了嗎？」

管家不解他現在提起這件事是為了什麼，又要嘲笑他的失敗？

「現在只要跟他們說姜子牙出了事，建議他們把女娃寄在我們家，然後勸他們夫妻倆快去找姜子牙，我們不就可以輕鬆除掉那個器妖了？若是想的話，連那個什麼『真』也一起解決，永絕後患更好。」

御書一怔，看向管庭，真不愧是「那傢伙」，如此會趁勢，想出來的計策果然好！

但也好狠。

這是要不管姜子牙的死活了吧？

御書覺得心情有點複雜，雖然知道管庭只是個幻，而且還是最低等的幻妖，不會有多少情感，但是最近這些日子相處下來，管庭哪裡像個沒感情的「幻」啊！簡直比成「虛」的管家還情感豐沛！

看他這麼狠，御書忍不住哀嘆「小兒子」長歪，而且自己還沒得說都是被同學帶壞的，這真的得趕快拉回來，不然管庭真變成壞人，完蛋的人還不是她嗎？

「我沒辦法看著姜子牙那傢伙就此失蹤或者葛屁。」

御書帶著複雜的情緒承認：「如果真的不在乎對門那家人的命，我管他家有沒有器妖，只要待在這個家裡面，別說器妖，就算是對門那個『真』，我也不會就怕了她。」

當然，對門只有人的話，她會覺得更好。

管庭「喔」了一聲，沒再說什麼。

管家則鬆了口氣，聽起來，主人會去救姜子牙了。

御書深深嘆了口氣，人家說「遠親不如近鄰」，果然是真的，遠親不如近鄰這麼麻煩！

她懶洋洋地站起身來，可惜地抬頭看了牆上的武士刀一眼，那是她最擅長的武器，可惜在現實世界帶著它實在太惹眼，只能換一把。

「管家，你能不能暫時裝成小雪的樣子？」

管家老實說：「沒有辦法，體型相差太大了，我沒有變化能力，如果是體型差不多或者略大一點的東西，是可以偽裝一下，但是沒辦法縮小成一個三歲的小女孩。」

御書「嘖」了一聲，抓了抓頭後站起身來。

「我去對面一趟。」

說著，她已經走到門口了。

管庭卻變了臉色喚住她，緊張的問：「等一下，妳要自己過去對面嗎？那裡有兩隻妖耶！妳至少要把管家帶去吧？」

御書斜眼一瞥，喜孜孜的說：「兒子已經會關心媽媽了嗎？我好感動啊！」

「……誰管妳去死啊！」

「不准對主人說那種死不死的話！」

管家生了氣，平時管庭口無遮攔倒也算了，但是這種時候說出「死」字，卻讓他感覺十分不安。

管庭停下話來，難得沒有回嘴。

「好啦，這也沒什麼，兄弟倆別吵架。」

御書勸完架，看兩人還是針鋒相對的互瞪，只有轉移話題說：「管家、管庭你們都準備一下，等等跟我出門去。」

「是。」管家一個點頭。

管庭沒想到自己也能跟去，欣喜得立刻答應下來，也不記得要跟管家互瞪了。

御書立刻跑去敲了對面的門。

開門的人是姜玉，她毫不掩飾自己的訝異，說：「御書？好難得啊！妳居然肯走出家門，快進來、快進來。」

御書毫不客氣地踏進別人家裡，反正剛剛姜玉也在她家聊天聊了半晚，讓她有時間派兒子來把她老公嚇個半死，所以彼此也不用客氣了。

「御書妳是想過來繼續聊天嗎？」

姜玉有點好奇，雖然她很歡迎御書過來，但是剛剛兩人才聊到都快沒話題了，場面有點尷尬，所以她才道別回家的，為什麼御書卻又跑過來了？

「妳家小孩能不能借我說個話？」

姜玉愣了愣，不太明白這是什麼意思。

御書兩手一攤，說：「我寫稿要描寫一個小孩，可是有點卡住了寫不出來，剛好想到妳家有真正的小孩，乾脆就過來跟她們聊聊天，看看能不能找到靈感。」

不得不說，有時候作家真是一種很方便的職業，不管上天下地甚至拐帶小孩統統都可以用一句「取材」帶過。

「原來是這樣。」姜玉一笑，說：「那妳可不要嚇到她們喔！她們都在房間裡，我帶妳去。」

途中還看見江其兵，但對方一看見御書就是一怔，立刻就說要去廚房給她們泡奶茶，然後帶著尷尬的表情溜了。

「妳老公不歡迎我來啊？」

姜玉咳了一聲，眼神瞥向御書的胸前。

御書低頭一看，嗯，自己穿著背心、熱褲和夾腳拖，出來的時候忘了換衣服，不過現在街上的女孩穿得比她還裸露的也不少啊！她只是少了一點青春，多了一點肥肉，不要這麼不給面子嘛！

「妳老公真純情，這種男人不好找，好好把握啊。」

姜玉白了她一眼，說：「妳是不是忘了我們都已經結婚了？我把握得可好了！」

「說得也是，看到好男人，是自己的老師都不能放過，果真狠角色，佩服、佩服。」

姜玉送了她一顆更大的白眼。

進到房間，兩個小女孩的眼神很明顯是一個驚嚇一個警戒，但御書統統無視，不客氣地坐在兩個小女孩面前，其中一個女孩立刻躲到另一個身後。

御書對姜玉揮揮手手，說：「妳先出去吧，媽媽在這裡的話，小孩沒辦法很自然地說話，我要她們自然一點，妳別在這礙事了。」

「是、是，我這障礙物就先離開了。」

姜玉覺得自己肯定是太寂寞了，以御書這種可以氣死人的說話法，她都要蹭上前去跟人家聊天，還聊得這麼高興，真是的！

「等等記得出來喝奶茶。」

「我不喝那種東西，有咖啡嗎？」

「不准再喝咖啡了！就奶茶！」姜玉堅持的說：「我去叫其兵用保溫壺泡，等等妳出來喝還是熱的。」

「大熱天的，加點冰塊才是真理！」

「女孩子喝冰的不好！」

面對姜玉，御書不知為何自己總是落在下風，只好摸摸鼻子算了，一壺熱奶茶而已，她也不算太討厭，反正現在的重點不是喝茶。

一見到姜玉離開，御書轉頭面對兩個小女孩，她們簡直像兩隻被踩中尾巴炸毛的貓。

「不要擔心，我沒辦法在這裡劈了妳。」御書淡淡的說：「我在自己的家裡是隻龍，還是神龍等級，但在外面就是條蟲，只比蚯蚓好一點，不然，妳們以為我為什麼這麼討厭出門？」

聞言，兩個女孩總算沒有那麼針鋒相對了，但小雪還是躲在江姜的背後不肯出來。

「我有點事跟妳商量。」御書比著小雪，「就是妳，別躲了，別以為我現在是蚯蚓就會分不出妳和江姜的差別。」

小雪瞪大眼，對面這人能和她有什麼事情要商量？難道是要商量用什麼方式把她燒死嗎？

御書開門見山的說：「姜子牙讓人抓了，對方要妳過去，我給妳三分鐘時間考慮，再拖下去，我想大概也不用過去了。」

「牙牙哥哥被人抓走了？」小雪驚呼，立刻扭頭看江姜，上次是子牙哥的同學被抓，江姜並不願去救對方，但這次是姜子牙自己被人抓走了，江姜總不會再置身事外了吧？

「妳不能出面。」御書朝著江姜斜眼一瞥，說：「要是被人發現這個家出了個『真』，你們全家都會被人抓走！所以無論如何都不能被發現這點，妳什麼都不要管，乖乖在姜玉身邊當三歲女孩，懂嗎？」

江姜警戒地看著她，說：「我不知道妳在說什麼。」

很好。御書點了頭，然後看向小雪，提出今天來的主要目的。

「妳跟我去救姜子牙，我就不燒死妳。」

聞言，小雪的雙眼發了亮。

「但是有一個條件。」

聽到這個但書，小雪的臉又垮了，果然沒那麼簡單。

「妳以後必須住在我家。」

小雪瞪大眼，立刻大聲說：「我才不要！」

「容不得妳不要。」御書不耐的說：「妳這個器妖的存在，一直都在提醒江姜她不是個人，只有妳走了，她這個『真』才能名符其實，久了以後，她就是真正的小女孩，不再有什麼真假之分。」

小雪一怔。是她害江姜不能當個真正的小女孩？

「本來燒死妳是最簡單的解決方式，不過姜子牙那關大概沒那麼好過，而且，殺死妳可能會給姜玉留下不好的陰影，以他們家這種狀況，這個陰影說不定會發展出很恐怖的後果……所以看在妳應該沒害過人的份上，我勉強收留妳就是了。」

其實御書是百般不願，器妖這東西可比幻妖要麻煩多了，若不是在自己的家裡，她有著絕對的權威，對方絕對翻不起一點浪花，否則她是絕對不會收下一個器妖的。

只是管家和管庭還能出門，小雪的話，御書以後絕對不會讓她踏出自己家一步。

「……不要就是不要！」小雪的眼淚在眼眶中打轉。

她看向江姜，想要對方為自己說句話。

御書立刻也跟著看江姜，其實小雪的意思不重要，她實在不夠強大，重點是江姜，她才是阻著御書不趁現在劈了小雪的原因——咳，沒錯，她撒謊了，就算是蚯蚓，她還是有辦法劈了小雪。

「只是在對面的話，妳隨時都可以過來看她，這樣對大家都好。」

御書勸說著江姜，後者既然已經成「真」，一定非常渴望成為真正的小女孩，再也不要被說什麼「真」不「真」，就只是個小女孩。

但御書也卻沒多說明，一旦時間久了，江姜成為真正的小女孩，恐怕就再也不會記得小雪。

江姜低下頭思考，雖然小雪那雙淚目讓她很是心軟，可是她卻又知道再這樣一直下去，到底還能瞞著爸爸多久呢？

將來她們還要上幼稚園，但就算小雪能夠長成「虛」，但要成「真」恐怕不太可能，要是去幼稚園讓老師和學生長期接觸她，一定會被發現不對勁，小雪的真實身分會隨著年紀越大而越來越隱瞞不住……

「小雪，妳過去住在御書家，我會常常帶媽媽去看妳的。」江姜的眼神朝旁邊飄移，不願意看向小雪，卻還忍不住辯解說：「這樣總比被燒掉好多了。」

小雪咬著下嘴唇不願說話。

「如何？要不要答應我的邀約？」御書好整以暇的說：「妳還有三十秒可以考慮，然後我就要走了，讓妳家『牙牙哥哥』被人撕票，然後改天管家總會找到機會把妳燒掉——」

「好，我答應妳的邀約。」小雪應下了，但卻低垂著頭，完全看不見她的表情。

「很好。」御書站起身來，伸了個大懶腰說：「我回家穿件衣服，三分鐘後樓下見，我們去救妳家那個白癡哥哥。」

她頭也不回的轉身走了，沒有時間耽擱——也不想喝熱奶茶了，所以她一路衝出姜家，連姜玉在背後喊都沒停下腳步。

「我突然有靈感啦！怕等等會忘記，先回去寫稿子，下次見啊！」

姜玉目瞪口呆地看著御書像風一般捲出去，家門被重重關上，而她的手上還端著一壺奶茶。

江其兵站在她的身旁，哭笑不得的說：「妳這個朋友還真有個性啊……」

……可不是嗎？姜玉扶著額頭，再次覺得自己一定是太寂寞了。

節之二・裡世界的人才

姜子牙又咬又扯還把手拿去牆上磨擦，沒想到手上那塑膠繩看起來細，但是掙扎半天都沒有鬆動斷裂的意思，看來根本不可能弄斷了。

對方還真是專業人士，根本沒有空隙可鑽。

姜子牙也只得放棄掙脫繩索的念頭，轉而看向其他人，當張東岐離開之後，他們就三三兩兩地醒過來了，也不知道對方是怎麼弄的。

姜子牙的目標是謝培倫，他可沒忘記自己的日的就是要找到傅君的這位同學，只是沒想到會多找到好幾個人而已，聽張東岐的口氣，好像他抓這些人和自己根本沒有關係，那到底是為什麼呢？

他開始打量其他人，但因為光線昏暗，所以只能看個大概，謝培倫是個小學生，縮在牆角的人似乎是個女性，而且年紀不大，至少看起來應該不會比姜子牙大。

其他還有兩個男的，其中一個看起來比謝培倫大不了多少，另一個可能和姜子牙差不多。

這些人看起來並不互相認識，要說共通點，大概也只有年齡都沒多大這點。

看來不是挖礦，搞不好是從事色情行業，姜子牙覺得更糟了。

他努力扭動著身體朝謝培倫前進，後者卻嚇得連連往後縮。

「培倫，是我，九歌書店的哥哥。」

姜子牙低聲說，幸好張東岐沒有再封住他的嘴，看謝培倫的神色，分明都嚇得恍惚了，別說書店的哥哥，就是他親哥哥來了，搞不好他都認不出來。

謝培倫愣了一下，終於定睛朝姜子牙的臉一看，認了出來，激動得差點想衝過去，但是手腳都被綁住的關係，所以只能瘋狂地扭動。

姜子牙立刻蹭上前去，靠著謝培倫的肩膀溫言安撫他，這才讓他不再扭了，小孩稚嫩的手腕都讓剛剛的舉動磨出血痕來了。

謝培倫眼淚不要錢似的往下掉，雖然這位哥哥也被綁住了，但是只要有個認識的大人在，孩子就覺得至少有個依靠。

昏暗的燈光下，姜子牙低頭看見謝培倫的手腕已經被塑膠繩勒得紫黑一片，也不知道掙扎過多少次，頓時心裡一股怒火竄上來，這樣對待一個小學生，可真不要臉！

姜子牙很想問問謝培倫是怎麼來到這裡，但對方的嘴上卻還貼著膠帶，根本沒辦法說話。

「我用嘴撕掉你嘴上的膠帶喔。」

對小男生做這種動作看起來絕對有點變態，所以姜子牙必須先說明清楚，免得又把謝培倫嚇到連連往後挪。

謝培倫立刻用力點頭，姜子牙這才敢上前啃他的臉，只是用嘴巴撕膠帶果然有點困難，他覺得自己都快流了一臉的口水在謝培倫臉上，這才把膠帶除掉。

膠帶一離嘴，謝培倫鬆了口氣，立刻開口問：「哥哥，你怎麼也被抓來了？」

「呃，其實我是和傅君一起出來找你的時候被抓的。」

謝培倫再次眼淚汪汪，感動的說：「小君有來找我嗎？」

「你媽媽也急得到處找你。」

謝培倫哭得更厲害了。

姜子牙只能用一雙被捆住的手，利用身高優勢拍拍對方的肩，待他緩和一些就立刻問：「你知道為什麼會被抓來嗎？」

「都是那條巷子害的！小君說過那條小巷不好，我應該聽他的話不要走那裡，都是我這個大笨蛋不聽他的話，嗚嗚……」

謝培倫哭著述說當時發生的事情，更下定決心以後要乖乖聽傅君的話，絕對比媽媽的話還要遵從！

這時，連其他人也開始注意到他們兩人，仔細地凝聽。

謝培倫的經歷並不長，三兩下就說完了，姜子牙也聽不出什麼來，只知道謝培倫會遇上危險和那條巷子應該沒什麼關係，傅君指的「那條巷子不好」是指那個老乞丐，但是謝培倫根本沒踏入過那個界，也沒看過什麼老乞丐。

從謝培倫這裡得不到答案，姜子牙只能轉頭看向其他人，一看見他們嘴上的膠帶，立刻感覺頭大無比，只好先挑了那個年紀和他差不多的男性，對方看起來比那個小孩還冷靜點，又是男的，總比在那個女孩子臉上流一堆口水好一點。

「我撕了你的膠帶喔。」

對方立刻點頭同意了。

等到膠帶被撕掉，他就脫口：「我也看到那個小孩說的東西了，但我是在大樓停車場看見，也被狂追到跑不下去，最後被人抓了。」

姜子牙一聽，就猜得出另兩個的情況應該也差不多，正想著不用去撕膠帶了，但一抬頭就看見女性和小孩正眼淚汪汪露出懇求的表情。

「……培倫，你去撕那個大姊姊嘴上的膠帶。」

姜子牙則又滾到小孩子那裡，開始臉貼臉嘴巴流口水……啊不，是撕膠帶，原本是想說和女孩子臉貼臉不太好，所以叫謝培倫過去弄，但現在突然發現和小男孩臉貼臉根本只有更變態的份！

撕掉膠帶後，兩個人說的事情大同小異，只有地點不同而已，但時間倒是差不了多少，都是這幾天的事情。

看來這些人和自己的事情還真沒什麼關係，姜子牙有點不解為什麼張東岐要抓這些人。

姜子牙看著那個男的問：「我們一起挪到房間另一邊看看？」

「我已經試過好幾次了，根本找不到另一邊的盡頭在哪裡，只有旁邊那裡有個流動廁所而已。」

雖然這個男的算是所有人中比較鎮靜的了，但卻還是滿臉的恐懼，除了要面對被綁架的事情，還有各種奇怪的現象，不崩潰就算不錯了。

現在有他的左眼，情況當然不同了。姜子牙忍住想說出來的衝動，不管是御書、路揚還是老闆，所有人一致的口徑就是要他絕對不要把真實之眼的事情說出去，所以他得牢牢閉緊嘴巴才行。

「我還是過去看一下。」

說完，姜子牙就聽見那男的發出不滿的「哼」聲，但他沒理會對方，逕自用著十分可笑的姿勢挪動前進，活像一隻大螃蟹。

離開電燈泡底下，前方看起來真的是十分黑暗，姜子牙幾乎看不到東西，加上那男的說根本找不到盡頭在哪，所以他移動的挺快，直到「咚」的一聲，一腦袋撞上牆壁為止。

姜子牙痛得連髒話都快飆出來了，不是說找不到盡頭嗎？他都還沒有爬多久就到盡頭了。

他回頭一望，電燈泡和底下幾個人影都能還看得見呢！

「大哥哥你沒事吧？」謝培倫驚慌地高喊。

「我沒事。」姜子牙連忙說：「腦袋撞牆而已，我在這邊看一下，你乖乖待在電燈泡下面別動，我可以從這邊看見你。」

謝培倫乖巧地應下了，和另一個小孩乖乖縮在大姊姊的懷裡，三個人抱成一團，眼淚都能當水喝。

姜子牙左滾滾右翻翻，試圖找出這到底是什麼地方，怎麼連個窗戶都沒有。這裡呈現一個長方形，而且面積還頗大，周圍牆壁的材質摸不出是什麼東西，不像是水泥牆面，但也不能排除只是裝潢牆面。

他慢慢摸著三個牆面，但想找出那個張東岐到底是怎麼無聲無息的出現，然後又消失不見，就算這裡也是個界，但會有個門，那傢伙才有辦法進出吧？

如果那傢伙會穿牆，姜子牙就認了，鼻子摸摸乖乖被抓算了。

但摸來摸去，他卻怎麼也摸不到門之類的東西，連一個小突起都找不出來，四周圍整個是平坦的。

姜子牙沒轍了，只好開始挪動回去，但移到中間的時候，屁股突然坐到一個不對勁的地方，那裡似乎和旁邊的地面有所不同。

他立刻停下來，先是看不出什麼，隨後低下頭，將右眼閉起來，只用左眼直視那塊地方，立刻看見一塊陰影，比別的地方都更深黑，他仔仔細細地摸著那塊黑影，果然摸到一個小凹槽，大小剛好可以讓手掌伸進去。

出入口在腳下！

姜子牙興奮地把手伸進去，努力想把門抬起來，然後發現自己根本打不開……

好吧，他天兵了，想也知道會上鎖，只是剛剛那傢伙很不屑用槍，所以姜子牙有點期望對方也不屑使用門鎖，只會用界之類的東西來關住他們。

顯然，對方沒那麼唾棄現實世界。

姜子牙只得回到電燈泡下方，謝培倫幾乎整個人都撲上來了，還連帶後方的一女一小孩也湊到附近。

「找到什麼了嗎？」那個男的卻帶著幸災樂禍的語氣詢問。

姜子牙搖了頭，找是找到了，但反正也沒什麼用，而且這傢伙居然還在幸災樂禍，想來也是個沒幫助的傢伙，就不需要多說了，免得曝露出左眼的秘密。

只好乖乖等鄰居來救人了。

姜子牙有點悶，有隻左眼能看穿東西是不錯，但問題是看穿了，卻又什麼都做不到，這簡直比完全看不見還讓人鬱悶！

下次只要有那麼一丁點好像不太現實的事情發生，他一定把路揚拴在褲腰帶上才出門。

◎ ◎ ◎

張東岐坐在監視器前方直盯著螢幕不放，一看到裡頭那人一頭撞上牆壁，他就笑了。

「看來這一次抓的人，只有這傢伙有點用啊。」

他後方的沙發上還坐著兩人，一個是張南竹，她是張東岐的表妹，出身同個家族，另一個則是對方的堂哥，叫劉京。

面對張東岐的調侃，張南竹沉默不語，也沒太多反應。

劉京則冷「哼」了一聲，對這番話很是不滿，因為其他人都是他們抓來的，只有那小子是張東岐出的手，偏偏就讓他抓到一個有用的！

這傢伙甚至不是來抓新血的，只是張家知道張東平的死訊，派他跟著過來，也順便看著剛出道的張南竹，然後給張東平報仇。

雖然張東岐的實力很高，讓這次任務成功完全沒有懸念，但劉京實在看這傢伙不順眼，更看整個張家不順眼，連帶就是張南竹都很不待見。

平時劉京要是看見張南竹這等美女，還跟他一起出來辦事，他早就眼巴巴地纏上去了，近水樓台先得月，有好機會可不能放過。

偏偏就有個張東岐跟出來礙事，還屌得二五八萬似的，整天帶著那種看不起人的眼神，讓人看了就滿肚子氣！

劉京唯一的安慰，是張東岐連張南竹都沒給過好臉色。

「他是你的仇家吧？」劉京嘲諷的說：「都要殺掉的人，有個屁用？」

張東岐不置可否。

雖然對於張東平這不成材的堂哥，他是帶著沒了就算了的感想，根本都不會傷心，但人都給殺了，張家是一定要報復回去，這點他也贊同，家族人被殺的仇不報，以後誰還看得起張家人，搞不好會有一堆人上門找麻煩。

「他發現門口了。」張南竹突然開口說。

張東岐先是不解，隨後看見螢幕上，姜子牙趴在地板上摸來摸去，隨後又試著做出拉的動作，擺明是發現地上的暗門了。

「竟然能發現門口在哪？」張東岐驚奇地說：「他不是道上人吧？」

張南竹靜靜地說：「不是，我調查過，他的姐夫開了個風水師工作室，但也不算道上人，只是用一些器物在處理小問題。」

「搞不好是誤打誤撞。」

劉京根本就不相信那小鬼頭有能力找到門口，況且那小子又不是他抓到的，有功勞也不會算在他頭上。

張東岐嗤了一口，懶得理會這傢伙，破解界這種事情如果靠得是誤打誤撞，那這小子也得有逆天的運氣，在裡世界，這運氣可絕對算是實力的一部份。

莫非張東平的死就是這小子造成的？

張東岐突然有些明白了，如果沒了界，那個不成材的堂哥手下幾隻器妖和幻妖可就不是嚇死人，而是要笑死人了。

如果真是如此，那殺掉這小子實在太可惜了！

張家能夠驅使妖，或者是打鬥的人才都不少，但是設界的高手卻不多，擅長破解界的人才更少，這種人才基本上每家都稀缺得很，大家根本搶破頭了。

殺掉這種人才簡直暴殄天物！

張東岐抓了抓腦袋，有點拿不定主意，雖然知道張家缺姜子牙這種人才，而張東平也不是什麼死了很可惜的家族高手，但勝在他可不是單一個人，如果不殺了仇家，他家裡人肯定不願意善罷甘休。

……算了，先看看情況吧，搞不好罪魁禍首也不是那小子，聽他打電話時說的話，肯定是討救兵了。

張東岐本來就在等著姜子牙討救兵，他根本沒想過這小子會是有辦法殺了張東平的人，所以只是抓他來當誘餌罷了，沒想到這誘餌卻是一條美味的大魚，讓人都捨不得拿來釣魚了。

張東岐猶豫不決，隨後靈光一閃。

這小子會找來的救兵說不定也是條大魚，不如一起抓了，直接帶回張家去，讓那些老傢伙自己去苦惱要殺還是要留，這樣就不關他的事了，反正不管是殺是留，他都有一份大功勞！

想清楚後，他轉頭問：「南竹，妳的界設好了嗎？」

張南竹點頭說：「已經設好了，照你說的，要雙倍牢固。」

「嗯！再加倍牢固。」

張東岐有種預感，這一次釣上來的大魚肯定大得誇張！

身為裡世界的人，對於預感這種東西，並不是抱著寧可信其有的態度，而是一定得信其有！

節之三・作家

走在街上，御書的手上拿著一根塑膠的玩具長刀。

沿路不少小孩都看著她的塑膠刀，好多都想衝上來搶去玩，而他們身旁的大人只能緊緊拉住小孩，眼神似乎在嘲笑這個「阿姨」年紀這麼大了還在玩塑膠玩具。

不過這都沒關係，總比拿著武士刀，被警察伯伯帶去泡茶來得好多了，而且她會把這筆債都記在姜子牙的帳單上。

但御書還是有點鬱悶，怎麼覺得這筆買賣是她虧很大呢？才叫姜子牙去超市買一次東西，就鬧了一堆事情出來，這筆帳才開始記沒多久，她就覺得姜子牙可能得幫自己買一輩子菜，才能把債還完。

御書只是被小孩關注，但跟在後方的男人卻是被各式各樣的人關注！

管家穿著襯衫、小背心、西裝褲，這服裝在外面看起來，是不如在家裡看見那麼奇怪且顯眼了，但是他背後正背著一個大大的紅色後背包——包包兩側還有裝飾用的小惡魔翅膀，再配上復古式的優雅氣質，走在都市五顏六色的霓虹燈下，整個違和感還是破表了。

管家之前跟她提過的事情是對的，他和管庭確實該買一些T恤、牛仔褲來穿。她只希望這兩個古代人穿起一般年輕人的衣裝不要太奇怪……是說，管家所在的年代分明是未來科幻啊！

御書第一次懺悔自己總是喜歡設定反骨人物的不良習慣。

「對不起，我是和她一起的。」管家已經第五次拒絕來搭訕的女性了，一律用走在前方的御書當藉口。

看著那些女人不敢置信地看過來，還有些人的眼神毫不留情地帶上鄙夷，御書惡狠狠地瞪了回去。

鄙視什麼？那是我兒子，可不是我男人，想當我兒媳還不爬著過來叫媽——啊呸！誰想讓她們叫媽呀！

「我的媽啊！」

還真的有人叫媽了？這聲音聽起來居然還是個男的！

御書一滯，一臉屎面地看過去。

一個男人嘴張大成了O字型，手指還顫顫地比著管家，滿臉不敢相信的表情，脫口：「朝、朝索！」

御書一愣，反射性看向管家，對方錯愕卻欣喜，臉上的表情似乎又更似人幾分，這讓御書惱得瞇起眼睛，神色十分危險，對於這個沒事叫破她管家真實名字的人，仇恨值直接上升五十個百分點。

「我第一次看到這麼像的角色扮演！」

傅太一欣喜地走上前，他身後的兩人都皺起眉頭來，其中一個是小孩，拉住另一個像大學生的人，讓他稍安勿躁，一臉面癱又十分認真地安撫著那個大學生，這景象看起來要說有多奇怪就有多奇怪。

御書擋在管家面前，不讓傅太一近距離打量他，雖然管家已經是個「虛」，現在天色又暗，照理說一般人看不出破綻，就算看出什麼也會當自己看錯了，但是能少一點麻煩是一點。

傅太一和御書已經靠得夠近了，前者卻又微微傾身靠近御書，這舉動對女性來說實在有點貿然，管家一步想走上前擋住對方，但卻被御書用塑膠刀擋下來，不許他上前。

御書很清楚對面這傢伙絕對不是想吃她豆腐。

傅太一輕聲說：「在下東皇太一，敢問閣下何人？居然敢這麼大剌剌地帶著一個妖上街！」

東皇太一？御書冷笑一聲後說：「我還是九天玄女咧！區區一個人就敢說自己

是神仙了嗎？」

傅太一微微一笑，倒也沒生氣，說：「不敢，就是個名號而已。」

「九歌是吧？」

御書聽聞過這個名號，九歌是中巷市的地頭蛇之一，她完全沒興趣惹上對方，雖然她在家裡無人能敵，基本上也很少外出，但總有逼不得已要出門的時候，沒事別在外面惹仇家是真理。

「我只是個小作家而已，沒名沒號還沒錢，借過！」

「……妳該不會就是御書吧？」

帶著朝索上街還說自己是作家，傅太一要再猜不出對方是誰，真是白讀對方那麼多本書。

御書瞇起眼睛，但是突然又想到剛剛對方認出朝索，還喊出他的名字，知道她是作家以後，立刻就知道她的筆名……

「你看過我的書？」她立刻變了臉，喜孜孜地問。

傅太一點了點頭。

「原來是我的讀者嗎？」御書眉開眼笑了，看看居然連九歌裡都有她的讀者，看來她也算是有名的作家嘛！

喜得她連眉毛都笑彎了。

不過現在真的顧不上讀者，再不快走，她家買菜工就要沒命了。

「我現在有點忙，下次再幫你簽名，再見。」

說完，她還真拉著管家就要走了。

傅太一有點傻眼，這大剌剌的女人就是寫出那個彆彆扭扭、顧慮超多、個性復古還滿身規矩的主角的作家？

這一定哪裡有誤會！

「你們是子牙對門的鄰居？」

御書停下腳步，看向說話的那個大學生，唷，長得頗帥，居然還是個混血兒，好題材！

管家輕聲說：「主人，我們去醫院探望姜子牙的時候看過他。」

在外面，管家本該直接叫御書，不過那個東皇太一似乎都知道他是個妖了，偽裝顯得太過多餘。

御書想起姜子牙不時唸著的名字，反問：「你是路揚？」

路揚點了點頭，他對御書沒什麼印象，但是對她身後那個男人很有印象，那種優雅的氣質在現代已經不容易看見了。

看著對面這兩大一小，神色都頗為沉重，御書突然靈光一閃，脫口說：「我說啊，你們該不會是在找姜子牙吧？」

三人愣愣地點了頭。

「喔，太好了，我正要去救他呢。」

聞言，傅太一、傅君和路揚都由衷不知該暴打姜子牙還是眼前這女人，他們在這裡找得要死要活，靠著傅太一那點感應在附近遍尋不著，急得頭頂都要冒煙了，結果這女人冒出來就說她要去救人，看起來竟然也知道地點在哪的樣子，怎麼不叫人氣結？

「妳怎麼知道他在哪裡？」路揚十分的懷疑，雖然聽姜子牙說過對門鄰居，但似乎是最近才有來往，怎麼可能子牙被綁走了，這鄰居會跑去救他。

御書十分懊惱的說：「還不是他打電話跟我求救，我不得不去啊！」

「為什麼子牙哥會打電話跟妳求救？」傅君很不能理解的詢問，姜子牙明明是在幫他找同學的時候不見了，應該要跟他或者路揚求救吧？

另外兩人也有這種疑惑，還有種受傷的感覺，一個是多年老闆一個是多年好友，姜子牙卻選擇跟鄰居求救？

「唔……」御書摸著下巴說：「大概是他覺得只有我弄得出小女孩的聲音來回

應他吧？他打電話來的時候，劈頭就把我家管家叫做姊夫，然後又堅持要跟他家的器妖說話，我想歹徒可能在他旁邊，要求他把器妖叫出去。」

路揚突然明白過來，怒說：「就是妳告訴姜子牙那麼多事情，把他拉進裡世界來的，對吧？」

「放屁！」御書氣急敗壞的說：「是他衝進我家，搞了一大堆事情出來，害我拖稿！」

不是為了把他和管庭弄出來才拖稿的嗎？跟姜子牙好像沒有關係，而且早就在姜子牙衝進來之前，他就為了幫主人倒垃圾，自己出現在姜子牙面前了。

管家選擇沉默不語，在旁邊乖乖當個聽話的妖。

「你還說呢！」傅太一也加入指責的行列，對象卻是路揚，「是誰老是在姜子牙面前晃盪那把劍？你是不是故意的，利用子牙的左眼，好讓你的劍越來越真實！」

「才不是！」路揚漲紅臉辯解：「是因為那時出現一個死神，祂好像要攻擊我們，我必須要驅趕祂，實在沒辦法才叫劍出來的。」

……據說那死神似乎和自己有關係，原來他也有份嗎？

傅太一不敢說話了。

御書不甘示弱地對路揚開罵：「明明就是你的錯！死神這種小玩意兒也值得到處晃劍嗎？居然還敢先罵我，你惡人先告狀啊你！我就跟姜子牙說過，你不懷好意！」

「妳說什麼！」

「好了啦——」

傅君發出一陣大叫，孩童的聲音尖銳得響徹雲霄，把周圍的路人都嚇了一跳，紛紛朝這個孩子看過來，然後用指責的目光看著孩子周圍的大人。

傅君沒好氣的說：「根本就是你們三個一起把子牙哥拉進來的啦！但現在誰拉誰都不是重點，快點去救子牙哥才對，別再吵了。」

聞言，三個大人開始反省自己剛才比小學生還幼稚的舉動。

「姜子牙給了我一組地址。」御書對其他兩人說：「我已經耽擱太多時間，再不過去，我擔心可能得收屍了，你們要跟我走吧？」

「當然！」路揚立刻回答。

雖然聽到那句「收屍」的時候，他惱得有點想再和這女人吵一架，這人看起來都不小了，怎麼說話這麼口無遮攔，這種時候說什麼收屍，簡直不吉利到極點！

但現在真的不是吵架的好時機，他也只得壓抑下來。

傅太一皺眉說：「我們這麼多人，可能會打草驚蛇，而且歹徒是要小雪吧？妳有帶她過來嗎？」

「小雪啊？」御書看著傅太一，冷笑了一聲，看來這傢伙和姜子牙家很有關係，連他家的器妖叫什麼名字都知道。

路揚也朝傅太一看過去，滿臉狐疑的神色。

傅太一背後冷汗涔涔，好吧，他真的是把姜子牙推入裡世界的推手之一，恐怕出的力還不小。

「你……」路揚欲言又止，想想還是不要這時候提出質疑，先把姜子牙救出來才是重點。

傅太一和姜子牙已經認識好幾年了，如果他真要害姜子牙的命，也早就成功了，不需要等到這時，所以應該是不可能在救援任務中動手腳，那個鄰居女人還比較可疑！

御書朝管家背後的大背包一比，眾人都了然於心。

「這樣吧……」御書直接的說：「你們有你們的本事，我也有我的，我看你們不會信我，我也不想信你們，所以乾脆就讓小雪去赴約，我們各憑本事隱藏起來，接著大家要怎麼做就各做各的。」

若不是和小雪有邀約，御書看見這兩人要去救姜子牙，那她說完地址肯定就回家去了，根本不想蹚這灘混水，可惜她已經訂下邀約，必須要做到底，才能一勞永逸把小雪帶回她家當第三號娃娃。

「正合我意。」路揚淡淡的說。

傅太一歪了歪頭，雖然他比較喜歡合作模式，這種針鋒相對的感覺實在不是他所好，不過自己和御書不熟，剛剛又脫口說出小雪的名字，顯然已經讓對方有所懷疑。

路揚又是走斬妖除魔的路子，這和自己的處世之道可不太相合。

傅太一向來與妖和平相處。

看向那個大背包，他有些同情被裝在裡面的小雪，這孩子之前就這麼可憐，現在好像還是沒改善，也不知道是不是自願來救姜子牙的……

他瞄了御書一眼，多半不是吧？

幾個人各懷鬼胎來到歹徒指定的地點附近，遠遠看去，那竟是一塊雜草叢生的空地，不知為何胡亂堆疊著幾只貨櫃，現在時間已經有點晚了，附近並沒有什麼人。

看見是這種環境，眾人的眉頭都皺起來了，簡直是設界殺人的絕佳好地點。

眾人齊齊地看向御書，她朝管家朝了招手，後者走過來將背包裡的小娃娃交到御書手上，然後又把背包背回去。

那尊娃娃有著白髮、藍眸、雪膚，看起來不算經典的娃娃造型，卻頗有一種雪國風味，是個相當獨特的娃娃，只是身上有些灰撲撲的，倒不算髒，只是看得出來頗有年分。

這時，娃娃突然掙扎了起來，一開始看起來還勉強可說是被人搖動，但隨後她的四肢也開始蠕動，伸長脖子，搖擺著頭部像是想甩掉什麼東西。

那布偶的棉質表面也開始有了變化，變得有光澤，像是人的皮膚一般，在棉布與皮膚的交界處，看起來異常的詭異，像是把一塊人皮和布縫在一起。

然後，手指的指甲也一片片開始長出來了……

沒多久後，一個可愛的女孩出現在御書懷裡，但卻是個白髮、藍眸、雪膚的孩子，看起來完全不可能是台灣的小孩，她怯生生的十分害怕，但也沒有逃跑的意思，乖乖地待在御書的懷裡。

之所以恢復最開始的外貌也是御書的安排，不管如何都不能用江姜的臉，這會把事情牽扯到江姜身上。

路揚喚出剔來，雖然這會讓他先曝露自己的實力，而另外兩人的實力卻完全沒有顯現出來，這絕對是吃了個大虧，但是剔可以幫忙警戒，所以路揚不得不先把剔叫出來。

讓剔飄浮在自己周圍戒備，路揚特意對另外兩人一個揚眉，大有自己已經先表明實力，現在輪到你們的意思。

御書舉了舉手上的塑膠刀，不過打死路揚都不信那真的能拿來當刀子用，那可不是什麼硬樹脂，就是一把小孩玩的塑膠刀子，成年人用力一折就能讓它斷成兩截。

傅太一更絕了，直接露出傻傻一笑，似乎完全看不懂路揚的暗示。

遇上一個各種不可靠的女人，再加上一個近乎無賴的書店老闆，路揚覺得無奈極了，姜子牙身邊都是什麼樣的人啊？

御書把小雪放在地上，下了指示：「妳慢慢走過去吧，我們自然會有辦法暗地跟著妳。」

小雪怯生生地點了點頭，忍不住偷瞄了傅太一，可惜一隻初生沒多久的娃娃哪比得上老謀深算的人類，所有人都把她的舉動看在眼裡，傅太一只能把笑容裝得更傻一點。

「喔。」小雪應了一聲，不安的說：「那如果人家跟我說話，我要說什麼？」

眾人都突然生出一種自己正在欺負小女孩的不舒服感，只有御書毫不憐香惜玉的說：「妳就裝得面無表情走過去就是了，要是他跟妳說了話，妳也不用回什麼，我們會直接劈死他！」

她邊罵邊帶著管家隱入黑暗之中。

「害我沒事這麼晚還得出門，等等我又拖稿了怎麼辦？還不能跟讀者說我家對面的鄰居被綁票了，我跑去救他，所以本期休刊——靠！這拖稿理由比頭髮痛還爛，誰信啊！

可惡，老娘一定要把這個綁匪剁成七七四十九塊熬湯！」

小雪的眼淚都快噴出來了，以後她就必須要待在這個御書的家裡嗎？

一定要嗎？她可不可以回盒子裡睡覺算了啊！

CH.5
人與娃的契約

節之一・星空下

小雪努力面無表情地走向充滿貨櫃的空地。

雖然能不能把人救出來，對她都是一樣的結果，她必須離開那個家，為了讓江姜可以順順利利長成真正的人，但被綁的人是姜子牙，一直以來都對她很好的牙牙哥哥，小雪還是願意救他出來的。

其實還有一點私心，或許姜子牙會幫她說話吧？或許可以留下來……

就算最後真的沒辦法，她還是得去御書家裡，那至少牙牙哥哥會天天來看她吧？

帶著這樣的念頭，小雪一步步走向空地，空地周圍只有歪七扭八的木柵欄，她這樣的小女孩隨便也能找到空隙鑽過去，直接看準一個比較沒有鐵絲纏在上頭的空洞，小雪直接鑽進去。

一抬起頭來，眼前豁然開朗。

什麼髒亂的空地，亂堆疊的貨櫃，統統都不見蹤影，只有滿天星斗和底下搖曳的草原，景色美不勝收。

小雪看著滿天星星發呆，卻不是被這漂亮的星空吸引住了，而是覺得自己好像曾經看過這種景象，但這怎麼可能呢？

打從XX把她從盒子拿出來，她就是待在都市裡，從來也沒有見過這種滿天都是星星的夜晚，都市裡的光太強烈了，頂多能看見幾顆星星就不錯了……

等等，XX？

小雪突然發現自己想不起來那個名字了，但應該是江姜吧？

現在重要的事情不是這個啦！小雪用力甩了甩頭，她要救牙牙哥哥才可以。

「有沒有人？主人，你不是叫我過來嗎？」她高喊著，不管是誰聽見都可以，歹徒、牙牙哥哥或者是御書也好，當然如果是傅太一就更好了。

「妳陷入界了。」

小雪嚇了一跳，隨後想起什麼來，低頭看著自己的胸口，那裡有一條項鍊，墜頭是一個外國小士兵——僅僅外表是，裡面則是一個和她一樣的東西。

叫做管庭的幻妖，出門的時候，御書讓他寄宿在項鍊上，然後戴在自己的脖子上。

「我知道。」小雪嘟著嘴說：「可是我沒有辦法。」

「沒辦法嗎？那妳到底會做什麼啊？」管庭開口問。

「我會變化啊！可以變成各種樣子喔！」

「那妳有辦法破解界嗎？」

「沒辦法啦！」小雪抱怨：「我又沒有牙牙哥哥那種眼睛，是要怎麼破解，我只是還沒成虛的器妖，哪有那麼厲害。」

「那種眼睛是什麼樣的眼睛？」

「不就是真——」

小雪猛地停下話來，她瞪著胸口的項鍊，覺得不對勁了，她是不了解管庭到底知不知道姜子牙的左眼不對勁，但對方很明顯是在套她的話，這真的是管庭的聲音嗎？

「怎麼突然停下來不說了？」

小雪不動聲色的說：「不就是牙牙哥哥喜歡玩偵探遊戲，他眼力真的很好，常常可以注意到很多細節。管庭你好奇怪喔，怎麼連這個都忘記了？」

「喔，我以為妳是要說別的東西而已。」

「管庭，我要怎麼出去？為什麼還不告訴我？」小雪故意問：「你對這個不是比較熟悉嗎？主人都是這麼說的，叫我要聽你的話。現在要走哪邊？」

「我剛剛還在找路，現在知道了，妳往左邊看，有沒有看見一顆很亮的星星？

在地平面上方不遠，那叫北極星。」

「看見了。」

「朝著北極星走就對了。」

聞言，小雪乖乖地走過去，雖然心中已經確定這是陷阱，管庭不可能知道怎麼出去的，他的等級還不如她呢！

但是小雪並不打算揭穿，反而要照著去做，因為她的目的就是要見到抓走牙牙哥哥的人，御書就是這麼說的，只要見到對方就好，其他的交給她就行了。

所以她只要照著去做，一定會被抓住，然後就可以見到抓走牙牙哥哥的人了。

朝著北極星走，小雪的眼中一直映著滿天星斗，這讓她覺得很不自在，卻又搞不懂是為什麼，耳邊好像傳來一些奇怪的、遙遠的聲音，但她很清楚自己並沒有聽見聲音。

就這麼看著星星走，眼睛裡全是星星，也只能看見星星，就算閉上眼睛都會看見那些點點星光，不知走了多久，但她並不覺得累……

「小雪、小雪！」

小雪緩緩睜開眼睛，眼前出現熟悉的臉孔，她嚇了一大跳，驚呼：「牙牙哥哥！」

姜子牙苦笑著，遠遠地看著小雪兩眼呆滯的走過來，他就覺得不對勁，故意用腳拍打地板，果然小雪一點回應都沒有，一路走到他的面前還在走，要不是他攔下來，小雪真不知道是會撞牆摔倒，還是身體會抵著牆壁繼續走。

不知為何，姜子牙覺得會是後者，小雪會這麼一直走下去，如果她是人，或許會把自己走到死也說不一定。

找到牙牙哥哥了！小雪左看右看，只看見幾個和姜子牙一樣被綁住的人，卻沒發現像是綁匪的傢伙。

這讓小雪有點糾結，沒看見綁匪，直接找到牙牙哥哥，這樣可以不可以？

御書只說要她見到綁匪就好，卻沒說只見到姜子牙的時候該怎麼辦？

小雪緊抱住姜子牙，想著不讓他再脫離自己的視線，等御書等人過來救他們就好。

想了一想，又把管庭寄宿的項鍊摘下來，戴到姜子牙的脖子上，這才又撲進姜子牙的懷中，緊緊抱著不放。

「小雪，有誰來救我了？」

「大家都來救你了啊，有路揚哥、有御書、還有東皇太一喔！他們一定可以把你救出去——啊！」

身上突然一緊，小雪被抱得痛呼出聲，不解地抬頭看向姜子牙，對方也正看著她，雙眼瞪大，似乎不明白她為什麼要說這些話。

小雪一怔，突然大驚，難道這個牙牙哥哥也不是真的？

她急著抓住有管庭寄宿的項鍊，這可是她唯一的希望，如果眼前的姜子牙不是真的，那她一定趕快把項鍊拿回來，但這時，項鍊卻突然傳來一陣像是電擊般的感覺，刺得她渾身一痛，反射性閉眼叫了一聲。

項鍊只是刺了這麼一下就沒反應了，小雪有些莫名，卻又不敢放下項鍊，再次睜開眼睛的時候，眼前彷彿撥開一層迷霧，她這才明白自己剛才根本不是真正看見東西，而是被遮蔽了！

這一看清楚了，卻發現眼前的姜子牙嘴上貼著膠帶，哪裡能說得出話來。

小雪大驚失色，剛才以為是姜子牙問的問題，其實難道全是綁匪問的？

「東皇太一？好小子，你居然和九歌有關係？哈哈哈，你果然是條超級大魚，可惜真是太大條了，想吞下去可能會噎死。」

小雪被這聲音嚇得縮進姜子牙的懷裡，綁匪好像還是不在這裡，只是周圍可能有音響之類的東西把他的聲音傳過來。

為什麼都跟御書講的不一樣？她根本就見不到綁匪啊！

姜子牙嘴裡的「唔唔」聲不斷，見小雪沒反應，只是一個勁東張西望不知在找什麼，他只得用臉拱了拱她。

小雪這才反應過來，連忙七手八腳地把姜子牙嘴上的膠帶撕下來，後者深呼吸好大一口氣，突然明白為什麼之前那個女生和小孩會用哀求的眼神看他，就算知道會被糊滿臉的口水，也要他用嘴把他們嘴上的膠帶撕下來。

這種被膠帶封嘴的感覺還真是不好受。

姜子牙用沙啞的聲音說：「小雪，去把其他人嘴上的膠帶也撕下來。」

小雪連忙點點頭照做，只是一撕完，立刻又跑回姜子牙身邊，牢牢抱住對方不放，這是她唯一能做的事情了。

「看來你的器妖已經離虛不遠了。」張東岐興致勃勃的說。

本來他以為只是器妖而已，不值得花太多功夫，但剛剛已經聽到對方的能力是變化，而且已經快成虛了，一個成虛的器妖擁有變化的能力，這用途可廣了！

姜子牙皺緊眉頭，勸道：「你還是放我們走吧，來救我的人都不是泛泛之輩，你贏不了他們。」

大概。

其實他也不知道己方到底是什麼實力，除了知道路揚有把劍，另外兩個人，御書和老闆……對吧？小雪剛剛好像是講「東皇太一」，不過都有太一這兩個字，這應該是他家老闆沒錯吧？

姜子牙發現自己居然連是不是老闆都搞不清楚，居然還想用實力威脅人家，這真是讓人心虛不已。

張東岐冷哼一聲，傲氣的說：「我們張家不怕九歌。」

還張家呢！姜子牙覺得自己怎麼突然捲入世家大族之爭了，身處家中人口五名竟還有兩個不是人的家庭，他完全沒有本錢跟對方拚家族。

「既然你殺了張東平，這事就沒得善了！就算你有九歌當靠山也一樣！」

人真的不是他殺的啊……

姜子牙有點欲哭無淚，但是也沒打算推到老闆身上去，畢竟當時老闆打那通電話也是為了救他，總的來說，雖不是他動的手，但總是因為他才死的。

雖然那傢伙好像是被他自己的妖殺死……

其實，姜子牙不太明白為什麼那個人會被自己的妖殺死，雖然想認定是老闆有能力命令那些妖去殺人，但當場他也聽得很清楚，老闆根本沒有唆使那些妖殺人，他只是說：

以東皇之名號召，以東皇之口許諾，汝等妖靈已自由，汝之主為無人，即刻生效！

這就算上了法院都沒人能告老闆謀殺吧？他只是放那些妖自由而已，至於自由了以後居然會立刻回頭殺主人，這也不是他的問題吧？

肯定是那個張東平沒事就虐妖，所以那些妖才會一得到自由就報復前主子！要是他家小雪自由了，才不會動手殺他。姜子牙有這種信心。

「但如果你能拿出一定的賠償，倒也沒有轉圜的餘地。」

「……」姜子牙有點無言了，這人和他堂哥的感情一定差到無話可說的地步了。

「要賠多少？」

姜子牙服軟了，他沒法跟人拚家族，只好看看賠不賠得起，但那是一條人命，他覺得那金額可能會讓自己賠一輩子。

「那隻器妖、你那條項鍊中的妖，還有你必須答應我三件事。」

張東岐的最後一個條件開得頗為卑鄙，他現在還不知道對方到底什麼來頭，明明之前調查的結果就是個普通大學生，不過現在看起來到底哪裡普通了？

但又不清楚真正底細，所以乾脆開出「三件事」這麼不清不楚的要求來，到時候再視對方的狀況來實際要求，看是要借助他的力量或者是再要個幾隻妖都行。

聽到這種要求，姜子牙臉都黑了，別說他已不願意再將小雪作為籌碼交換，再來對方說項鍊裡面也有妖，但他根本不知道這條項鍊是什麼，想來多半是御書、路揚或者老闆的東西，他根本不可能做主給人。

還有那「三件事」，姜子牙再白癡都不可能答應這種賠償，根本就是把自己的一輩子都賠進去了！

「怎麼樣？」張東岐冷冷地說：「有什麼好猶豫的，答應下來，你起碼還有條活路，不答應，你現在就要死了！」

姜子牙臉色一變。

「死的是誰還不知道呢——給我，斷！」

熟悉的怒吼聲傳來，一聲轟天巨響，姜子牙面前不到三公尺的電燈泡破裂了，但這只是個開始，房間從上方開始龜裂，裂痕不斷往下延伸，從牆面又下到地面，整整繞了一圈，然後「砰」的再次巨響，眼前的房間竟然裂成兩半，各朝左右兩邊掉了下去。

姜子牙愣愣地看著外面的夜空。

這才知道原來他們是被關在一個貨櫃裡，只是內面的牆壁有一層厚厚的吸音海綿牆面，不是直接把鐵皮裸露給他們看，所以他這才沒發現自己原來是在貨櫃裡。

雖然就算知道了也沒什麼用。

天空中，管家的背後有一對巨大的蝙蝠羽翼，他攬著御書，優雅地落到姜子牙的前方不遠處，這讓姜子牙覺得御書簡直就像女王降臨，而且這女王還一刀子砍爆一個房間——不對，這不是女王，這根本是怪物吧！

御書站在那裡，手上似乎握著把刀，因為刀子發出耀眼的光芒，所以看得不是很清楚，但那光芒漸漸退去，露出真實的刀身來……是把塑膠玩具刀。

啪！

還斷掉了。

御書低頭一看，隨手拋開斷成兩截的玩具刀，聳肩說：「嗯，我的能力用完了，接下來就沒我事了，我回家趕稿去了，掰掰！」

……喂！

「啊，還不能走。」

妳也知道還不能走啊！

御書走上前來，一把扯下姜子牙胸口的項鍊，丟了一個「掰」字後就轉身離開。

姜子牙愕然看著御書真的就這麼大搖大擺往管家身上一倒，管家對他露出抱歉的笑笑，隨後就展翅帶著主人飛走了。

但飛到一半，突然一道黑影衝著半空中的管家和御書飛射過去。

姜子牙還來不及看清那是什麼，立刻發出一聲大吼：「御書小心——」

空中的巨大蝠翼優雅地一偏，並不困難地閃過那道黑影，然後還傳來御書囂張的大笑聲。

「沒射中，哈哈哈——」

底下傳來張東岐的怒吼：「妳給我等著，張家絕不會放過妳！」

「好啊，我就在我家等你來！」御書回了非常卑鄙的一句話。有種到我家，來多少人都讓你沒命回去！

當然，要她出門面對是不可能的。

姜子牙所在的地區正好上不接天、下不著地，看起來像是「二樓」，但他想應該是兩個貨櫃疊在一起，他正在上方的貨櫃中。

帶著一點好奇心，他朝底下一看，那道刺向御書的黑影已經落了地，竟是一頭猛獸般的東西，但卻不是真的猛獸，只是一團幽深的影子，形狀似豹似虎，說不上來到底是哪種猛獸，但看起來仍舊兇猛無比，似乎一靠近就會被爪子狠狠撕碎！

張東岐竟然就坐在那猛獸背上。

姜子牙突然開始明白這些「道上人」的恐怖，難怪張東岐不屑於槍械，有御書這樣的力量、有那頭黑影猛獸，區區一把手槍還真不夠看的……

惹上這樣的人，真的還能全身而退？而且那個張東岐還說他惹上整個張家，若是張家有很多擁有這種力量的人，那他根本死定了。

姜子牙有些慌了，自己死定也就算了，恐怕還會害了姊姊和姊夫——

「唉，想不到中巷市還有這麼一個女人在，看來我還不夠了解自己住的地方。」

一聽到這如遠山空谷的聲音，張東岐就知道他今日聽到最有名的那個傢伙來了。

「東皇太一！」

姜子牙目瞪口呆，因為出現在眼前的人非常的眼熟。

那人穿著一襲十分華麗的中國古袍，玄色底加上金紋飾邊，頭上還綁著髻，戴著一頂同樣玄底金雕小頭冠，臉上還戴著一張面具，金黃色的面具，有著如日芒般的花紋，鼻頭特別突出尖銳，看起來像是鳥嘴。

竟然是在超市見過的日芒面具人！

等等，剛剛張東岐似乎叫他……

東皇太一⁈

難道日芒面具人就是——傳太一⁈

親眼看見東皇出現，其實張東岐心下真有些沒底了，九歌首領的傳聞不少，但大多都是關於他這個人與妖類交好，為人行事作風詭異，有人說他根本不是人，而是一個大妖！

但說到能力方面的事情，那是半點傳聞也沒有，據說他對道上的事情沒什麼興趣，所以很少出手，但無疑的，他是很強的，因為九歌中另有幾個聞名且確實強大的人，所以首領絕不可能是個弱手！

雖然面對一個強大的對手，但張東岐想到張南竹，她藏得很深，負責運轉這個界，應該不會被發現，只要界還在，他就不可能落敗！

至於那個劉京，他根本不指望對方，一開始那女人劈斷貨櫃，那傢伙就嚇得屁滾尿流，早就沒膽子出手，也不知道逃走了沒有。

但那女人不可能那麼強，八成是有特殊能力，張東岐敢賭她那麼急著走，其實就是根本沒有戰力了！

張東岐突然又有了自信，如果能在這裡打敗九歌首領的話，就算是憑藉著界，自己的名聲也大漲吧……他有點躍躍欲試。

「就算是九歌的頭頭來了，進了我的界，你也討不了好！」

「那倒是真的。」傅太一由衷地說，面具下的雙眼瞄了隱在黑暗中的傅君一眼，若是他的東君再大一點，「傳承」再完整一點，破這個界還不是彈指之間嗎？

可惜，東君就是太小了，傳承也不夠完整，「言靈」之力連一分都發揮不出來。

「唉！」傅太一幽幽地嘆了口氣，兒子還小有什麼辦法呢？總不能給他打生長激素吧？

「今日九歌是要跟張家槓上了？」張東岐臉色裝得很是難看，用來掩飾自己的心虛，雖然他在張家的地位不低，但是一出來就惹上九歌，回去也夠他吃一壺的了。

「沒那回事。」傅太一淡淡的說：「只是你抓了我的小朋友，我當然得過來看看。」

「他殺了我的堂哥！有仇報仇有什麼錯——」

「喔，真不好意思，人是我殺的。」

「……」

姜子牙看著那兩人說話的內容，越聽心中越驚，他家老闆到底是什麼人啊？怎麼這壞人看起來非常忌憚老闆？

「子牙，別回頭。」

姜子牙一僵，但立刻就聽出來這個聲音絕對是路揚！

他隱匿在姜子牙背後的黑暗之中，暗中提點：「用你的左眼看著那頭猛獸，那不是真的，只是個虛。」

「不是真的？」姜子牙覺得那看起來已經很真實了。

「嗯，不是真的，那個人在這裡設了界，只有在自己的界中，那種東西才有可能這麼強大，就像之前綁走我的那個人，他的女屍、稻草人和爬行屍，一旦界被破了，就只是塑膠模特兒、草人和破麻袋而已。」

「雖然這個虛比那三個幻要強大得多，但也絕對不可能是這麼危險的東西，他是靠著界才變得如此強大。」

姜子牙一聽，漸漸也覺得應該如此，要不然那種黑影猛獸只要跑出去，還不天下大亂嗎？

「子牙，你注意看著周圍，一定有人在運轉這個界，你想辦法把他找出來，告訴我在哪裡，我就能把界破了！」

聞言，姜子牙精神一振，正想應聲「好」，卻聽見自己手上的塑膠繩被斬斷的輕微聲響。

然後，路揚跳了出去，在他的面前，是那頭黑影猛獸。

姜子牙一怔，正想叫對方不要亂來，卻被懷中的小雪一拉。

「哥哥不要，你去找界的破綻時，要有人拖住那個東西才行，你要幫路揚哥的話，就趕快去找破綻才對！」

話是這麼說，但是看見路揚面對那麼一個龐然大物，那頭黑色野獸連四肢著地都有兩個路揚高，姜子牙怎麼能冷靜得去找破綻啊？

路揚站在那頭黑色猛獸的面前，看起來宛如海中的一葉扁舟，隨時都會被浪花打翻，但是他的臉色卻毫無畏懼，更是早就進入備戰姿態，整個戰意凜然。

劍在他的身邊來回衝刺，飛得迅捷有力，還發出「嗡嗡」劍鳴聲，看起來架式十足，就算細長劍身不像對面的黑色猛獸那麼威武，但也絕對輕視不得！

張東岐原本有些看不起這個年輕人，他真正忌憚的對象是站得遠遠的東皇太一！

但如今看見對方那把劍，他也收起輕視之心了，驚呼一聲：「身負天生靈物？」

難怪人家說不要隨便在中巷市鬧事！

張東平那傢伙死了就死了，竟然還惹到這麼有靠山的對象！那個奇怪的女人、東皇太一，還有這個身負天生靈物的年輕人……

張東岐開始懷疑自己到底綁了什麼人，怎麼一個人可以有這麼多靠山，而且這些靠山還都不同路子的！

女人有不知名的特殊能力；東皇太一是九歌首領；那個年輕人頗有道教的架式，中巷市的道教……該不會是阿路師所在的清微宮？

若張東平還有留下一點屍塊，張東岐絕對把他抓出來鞭屍，可惜那傢伙連渣都沒剩下。

「我說，我們就別把事情升級到張家和九歌之間那麼嚴重了。」東皇太一興致勃勃的說：「不如你和他打一場，如果他贏了，你就得徹底把今天的事當作沒發生過，回去跟張家說你已經把仇人殺掉了，以後再也不准來尋仇。」

「那我如果贏了呢？」

聽到這條件，張東岐覺得就是輸了都行，畢竟東皇太一的名號太過嚇人，加上道教小子，他真的沒把握逃得掉，說不定得把命送在這裡了，但是答應這個條件，他就算打輸也能活著回去，倒是反而能保住一條命。

傅太一淡淡的說：「如果你贏了，你剛剛對姜子牙提出的條件，我全盤接收了。」

張東岐的雙眼都發亮了，條件中的贈送兩隻妖反而不重要了，比較讓人心動的是東皇太一會答應他做三件事，這可是什麼都換不來的好事！

「沒問題！但我不會撤掉界。」

傅太一立刻慨他人之慷，豪爽的說：「行啊！不過我也有個條件，我們有權力找出界的破綻，加以擊破。」

張東岐皺眉說：「若是你出馬，這個界還不馬上破了嗎？」

「那我不出馬就是了。」傅太一懶洋洋地說：「就讓他們兩個小子去和你玩玩，怎麼樣？答應我的邀約嗎？」

張東岐心下一喜，立刻滿口答應了。雖然是身負天生靈物的道教中人，但是那年紀實在太輕，他本就不信對方有辦法打敗自己，更何況現在是在他的界當中，這優勢絕對不是一分兩分而已。

至於界會不會被打破，張東岐其實沒有把握，不過卻相信這界至少能堅持個十來分半小時的總是沒問題，這點時間就夠他把這裝模作樣的道教小子打得滿地找牙！

「喝！」

一聽到張東岐答應邀約，路揚立刻指揮著剔開始攻擊，他長年和妖戰鬥，腦袋可完全不迂腐，有辦法偷襲就絕不正面迎擊，能夠占得先機就別落後出手，除妖可是玩命的工作，迂腐是真的會死人的！

雙方都是道上人，知道這種玩命的工作不卑鄙都不行，所以張東岐倒也沒有矯情地罵路揚偷襲卑鄙，只是直接就開打了。

那頭黑色猛獸的身形龐大，但是動作卻非常迅捷，路揚常常來不及閃避，若不是剔及時回防，路揚恐怕都要被打飛好幾次了。

一旁，姜子牙整個很分心，好友在鬥怪獸，他真的沒辦法冷靜地找破綻，甚至有點惱怒傅太一為什麼不出手，但他卻又馬上想起來傅太一提的那些條件，那分明就是為了保護他才提的。

只有千日做賊沒有千日防賊的道理，要是被那個什麼張家惦記上，姜子牙以後絕對沒有好日子過，甚至可以說遲早被人幹掉，只有傅太一提出的那條件可以幫他解套。

但看張東岐對傅太一忌憚的樣子，如果傅太一出手，那個張東岐一定不會答應這場打鬥邀約，所以只有讓路揚上了。

姜子牙朝自己的舌頭一咬，用疼痛逼自己靜下心來注意四周有沒有什麼破綻，雖然偶爾還是忍不住朝路揚丟去一眼，然後被那恐怖的戰鬥景象嚇得臉色發白。

「路揚小朋友，沒想到你還真是強悍啊！」傅太一在旁邊閒閒地讚嘆：「在對方的界裡面還能支撐這麼久，不容易喔……哎呀，才剛誇獎你就挨了一爪子，注意一點嘛！虧你出道這麼久，戰鬥經驗豐富，竟然還被隻動物欺負，實在太丟臉了。」

……人能跟猛獸比戰鬥嗎？

聽傅太一說話，路揚連牙都快咬碎了，就算武松打虎也沒打這麼大隻的啊！

這猛獸不但動作迅速，而且，身毛皮奇硬無比，剔就算抓到機會刺進去，也會被層層疊疊的刺毛擋下來，根本沒傷到對方多少。

路揚只能憑藉優秀的體術拼命閃躲，但是總會有失誤的時候，他身上的傷口越來越多，看得一旁的姜子牙心急如焚，卻一點辦法也沒有。

「破綻到底在哪裡啊？」他急得都想把頭髮扯下來了。

小雪也很著急的說：「哥哥，多看一些你還沒有看過的地方！」

可是都看過了呀！每個角落都已經看過好幾次了，什麼都沒有發現，這個界的破綻到底在哪裡——

姜子牙猛然想起自己哪裡還沒有看過了。

自己的背後！

後方只有幾個和他一樣被抓來的人，所以他一直沒想到要轉身看後面，但這也是唯一沒看過的地方了。

姜子牙立刻轉過身去，一一審視那些人，連謝培倫也沒有放過，直到看見那名女性，他猛然發覺對方的臉上好像蒙著一層霧氣。

微微朝右偏頭，姜子牙用左眼來看著那個女人，隨後立刻比著她高喊：「就是妳！是妳在維持這個界！」

那名女性慌亂地說：「不是！不是我！我是跟你一起被抓來關在這裡的人，難道你忘記了嗎？」

當然記得，但是他的左眼卻能看得出這女性的長相不一樣了，應該是趁著給他們重新貼嘴上膠帶的時候把人調包了。

「總算找到啦？」傅太一懶洋洋地說：「人啊，就是有盲點，明明轉個身就能發現新世界，偏偏就不看後方……哎呀，路揚又挨了一腿，你再不把界解除掉，我看就算界消失了，路揚小子也不行了。」

聞言，姜子牙一咬牙，朝那個女人……也就是張南竹衝上前去，但卻做不到直接貓一個女人一拳，原本想先抓住對方的手，卻沒想到張南竹比他更狠，一個轉身迴旋踢就朝姜子牙的肚子踹下去，差點讓他昨天的晚餐都吐出來。

見狀，傅太一終於收起懶洋洋的表情，他忘了姜子牙只是個普通人，沒有半點身手可言，但道上人就算是個非打鬥派的女人也會個三腳貓功夫。

雖然是看出界的破綻了，但姜子牙卻可能收拾不掉這個破綻，而路揚已經節節敗退，根本抽不出手來解決這個女人。

張南竹也發現這小子沒有半點拳腳功夫，立刻衝上前朝對方的肚腹猛踢狂踹。

「不准打哥哥！」小雪突然撲上前去，化出一口滿滿的尖牙，朝張南竹的脖子咬下去！

只聽張南竹發出慘烈的尖叫聲，脖子連接肩膀的部分少了一大塊血肉，紅色的鮮血噴個不停，霎時，界，崩毀了，她終於沒辦法再維持下去了。

這一瞬間，路揚正好被黑色猛獸一腳踢飛，整個人撞上貨櫃，然後趴倒在地上，渾身上下無處不痛，原本一直圍繞在身邊的剔也摔落地面，雖然想飛起來卻不停跌撲回地上。

張東岐走到路揚的面前，冷笑說：「虧你們能解除界，可惜你還站得起來嗎？」

路揚低垂著頭，看見前方不遠處有一條黑色獵犬，看起來兇悍無比，普通人大約一看就怕得繞路走了。

但比起剛才的黑色猛獸，這條獵犬簡直就是吉娃娃。

雖然牠們其實根本是同一隻，有界和無界，巨大黑色猛獸都能變成一條黑狗。

低垂著頭的路揚勾起嘴角，整個人猛然暴起，朝著張東岐衝過去，而落在地上的剔也「嗡」的一聲直刺向那條獵犬，速度甚至比之前更快更猛，而這一次，獵犬再也沒有刺毛可以擋下剔，幾次交鋒後，以剔貫穿獵犬的腰部做了總結。

另一邊，路揚卻沒那麼快解決張東岐，兩人你來我往，拳拳到肉，旁人聽著都覺得皮肉生痛。

張東岐原本以為自己光靠功夫都能解決這道教小子，可惜路揚最自豪的就是一身體術，是下了真苦功鍛鍊至今，雖然他剛剛被一頓痛打，但其實是花了絕大部分的力氣護住自己不受太重的傷，就在等姜子牙破除這個界。

「好小子，這等功夫不是蓋的！」張東岐揮著拳頭，亢奮的說：「就讓我們好好打一場！」

可惜，剔已經回到主人身邊，正嗡嗡作響蓄勢待發！

路揚平靜地看著張東岐，剛才說過了，他向來不迂腐。

張東岐的臉皮扭曲了一下，想不到這小子當真沒有半點年輕人的衝動，他本想逼路揚用拳頭和他對打，看看能不能憑藉著對方剛才已受了不輕的傷，用拳頭把這小子打倒，可惜這傢伙完全沒有用拳頭和他打的意思！

年紀雖輕，但為人處事卻完全是個老到的道上人。

難道……這小子就是傳聞中那個十歲就出道捉妖，阿路師的孫子？

這莫非是全中巷市的知名人物都跑來對付他了？張東岐怒極反笑，只能說自己敗得不冤，只是敗得有怨！

「咳、咳……」姜子牙抱著肚子走到路揚旁邊，不忍的提醒說：「你再不送那個女人去醫院，她就要死了。」

張東岐心情複雜的看著姜子牙。這到底是什麼人？竟然能夠讓這麼多人物出面保他？

今天的事情，說實話若是這些人之前先來找張家談判，或許張東平的事情就這麼被擺平了也說不定，根本不用讓他在這邊被一堆人輾壓，甚至失去一條成虛的獸妖！

東皇太一甚至都沒有出手！

「我會遵守約定，現在我可以走了吧？」這話，張東岐主要是看著東皇太一說的。

「且慢，讓我說一段話就好。」

雖然東皇太一是帶著微笑說話，但是張東岐卻覺得心中一顫。

他緩緩開口說：「我不知道中巷市是什麼時候變成你們張家的地盤了，先是你堂哥，再來又是你，三番兩次來惹我護著的人。」

聽到「護著的人」這句話，姜子牙心中一慟，充滿酸軟的情緒，從小喪母又父長年離家，護著他和姊姊的人卻是不多。

「清微宮的阿路師是不怎麼管他孫子沒有錯，但張家要是用『家族』來威脅他孫子，我想，清微宮也不會讓自家唯一的繼承人單槍匹馬去硬抗你們全家族。」

……猜中了。張東岐的嘴角不斷抽搐，就恨堂哥不留點屍塊下來。

「再來一次。」東皇太一微微一笑，說：「就換我去找你們了。」

節之三・人娃契

回到家中，姜子牙竟有種恍如隔世的感覺，莫名其妙地發現自己身邊從鄰居、同學到老闆都有問題，他整個身心俱疲，只想倒頭大睡，卻又知道自己這麼晚回家，肯定要面對姊姊和姊夫的追問。

沒想到，江其兵和姜玉竟然都已經睡了，只有江姜站在客廳迎接他們，一看見他們兩個回來了，立刻點點頭，轉身回房間睡覺。

自己不見了，姊姊和姊夫還能安然睡覺？姜子牙鬆了口氣，很明顯是江姜搞的鬼，這實在太好了，他真的很不想找藉口欺騙姊姊和姊夫。

拖著疲累的腳步，姜子牙緩緩朝自己的房間走去，卻被喚住了。

「哥哥……」

「嗯？」姜子牙轉頭看著小雪，微微一笑，問：「要跟我一起洗澡嗎？」雖然他累得有點不想洗澡，想直接去睡覺，但是又禁不住活動了一整天，身上實在臭死了！

小雪的雙眼發了亮，立刻點頭說：「要！」

兩人手牽手一起去洗澡，姜子牙幫著小雪洗頭洗澡，隨後兩個人一起躺進浴缸，舒服得簡直想就這樣睡著算了。

小雪靜靜地說：「牙牙哥哥，我跟御書做了約定，之後要過去她家住了。」

姜子牙愣了一陣子，腦袋才消化完這番話，他幾乎要從浴缸彈起來了。

「這是什麼意思？妳沒事跑去對面住幹嘛？」

小雪把事情一五一十的說出來，聽得姜子牙那個氣憤，低吼：「御書怎麼可以這樣威脅妳！妳不要理她！」

「我已經答應了邀約。」

「我會去叫她給我取消！」

小雪低垂著頭，悶悶地說：「我想去。」

姜子牙一怔，他千想萬算也沒料到小雪會想去，這小女孩明明就很想成為江姜真正的雙胞胎，很想成為這個家真正的一份子！

「為什麼妳想去？」

「我繼續留下來會讓江姜沒辦法遺忘，沒辦法當個真正的小女孩，如果在我們上幼稚園之前，她還沒有遺忘，我也沒有成真，那我們兩個都會很危險！」

小雪眼中的淚滾來滾去，她卻很努力不讓它流下來。

姜子牙張了張嘴，卻說不出話來，他姊姊需要孩子，若是有兩個都會不見的風險，是不是至少留一個比較好呢？

他沒法下決定。

「妳真的想好了嗎？」

小雪僵了一下，用力點了點頭，但一點頭完，眼淚就立刻掉下來，她整個撲上姜子牙，哭著說：「哥哥你要來看我喔！」

「江姜和媽媽不能來看我了，她們要忘記我才可以，不可以來看我。」

「以後就剩下哥哥你還記得我了，你一定要來看我！」

「好，我每天都會去看妳，每天！」

姜子牙也覺得眼酸了。

就這麼辦吧，姊姊逼不得已沒辦法愛這個小女孩，那就由他來彌補，要當哥哥或者當爸爸都無所謂！

「我回來了。」

姜子牙踏進家門
姜玉正在擺碗筷，一看見姜子牙就覺得有些稀奇，問：「今天不用去九歌啊？」
「老闆最近要休店幾天，說是要帶傅君出去散散心。」
姜子牙不敢說老闆的原話。
我要帶小東出去好好鍛練一番，爭取他早日成為我的左右手，真正的東君！
他是不知道什麼是真正的東君，不過看得出來傅君的臉色有點難看，想來絕對不是什麼愉快之旅。
「原來如此。」姜玉點了點頭，隨後苦惱地看著桌上的菜說：「下次早點打電話回來，我這樣煮太少了。」
「我也是到九歌才知道，所以來不及說，別擔心，我有順路買幾顆包子回來。」
姜玉點了點頭，隨後又去拿了一副碗筷出來。
姜子牙定睛一看，桌上只擺了四副碗筷，他看得有些刺眼，連忙說：「我去對面一下，等等就回來。」
可是要吃飯了！姜玉愣了一愣，不知為何，這話卻怎麼也說不出口。
只能看著弟弟衝出去，而她，竟有種想跟著過去的衝動。
「媽媽？」

江姜走了出來，瞪大眼看著姜玉。

「怎麼了，江姜？」姜玉連忙蹲下身抱起女兒。

「媽媽為什麼要哭？」江姜不解的問。

為什麼要哭……她哭了嗎？姜玉摸了臉頰，果真濕濕的。

是呀，她為什麼要哭？

叩叩叩——

管家前去開了門，姜玉拿著一個盒子笑吟吟地走進來。

御書懶洋洋地看著她，說：「今天下午茶吃什麼？」

「我親手烤的藍莓派喔！」

「我去換件衣服。」

兩人聊著天，其實大半時間都是姜玉在說話，但御書也喜歡聽別人講話，兩人也算是某種程度的一拍即合。

姜玉講得激動處，連蛋糕叉子都拿起來亂揮，卻忘記上頭還插著一塊派，結果藍莓果醬和奶油之類的噴得到處都是，連御書的衣服上都沾到了。
「對、對不起！」姜玉慌亂地說，還想拿面紙去擦御書的衣服。
「不用擦了，我去換件衣服就好。」
御書也不是很在意，反正人就在家裡，換個背心還不簡單，連衣服都不是她洗的，更不用擔憂了。
但她換好衣服出來時，姜玉卻不在客廳了。
這時，管家才拿著打掃用具進了客廳，顯然問他也沒有用。
「她走了嗎？」管家有些訝異，就他這陣子的觀察，姜玉並不是那麼失禮的人，竟然無聲無息就走了。
御書沒有回答，面無表情，轉身朝書房走去，一打開書房的門，姜玉正背對著她，看著書櫃的某一格。
那裡擺著一隻娃娃，白髮藍眸雪膚。
御書特意不擺在客廳，也不擺在房間，她的書房是不開放客人進來的。
「這娃娃是我的。」
看著眼前這尊娃娃，姜玉平靜的說。
雖然這娃娃不是獨一無二的，但是上頭的種種痕跡卻是獨一無二的，她絕不可能認錯。

耳朵上的一個小缺角，是她不小心摔到的。

脖子的刮痕，是弟弟姜子牙跟她牛氣的時候故意用鉛筆畫的，他只是想偷偷畫一筆，之後再用橡皮擦弄掉，誰知道力氣用得太大，擦去鉛痕卻擦不去刮痕，她為此跟姜子牙嘔氣三天不說話。

還有裙角洗都洗不起來的暗紅血漬，是在那場車禍中留下來的，那是母親的血。

於是她把娃娃收起來，不願再看到這隻娃娃，只為了不再想起那場車禍。

在山裡，爸爸開著車，調皮的弟弟硬是要坐在前座，媽媽和她坐後座，弟弟還轉頭過來跟她說話。

姊姊、姊姊，妳不要再看娃娃了啦，看外面的星星好漂亮喔！

她轉頭看向窗外，卻沒看見星星，只有一陣強光照過來，隨後她聽到媽媽在叫，她被抱住了，整個世界都在旋轉，慌亂中好像還聽到弟弟的聲音，卻不記得他喊了什麼——

姜玉的眼中落下淚來。

哪怕當初她多喜歡這尊娃，還給娃娃取了名字，說好了要當她的媽媽一輩子，但還是把娃娃鎖進盒子裡，再也不敢拿出來。

「御書，這娃娃不能還給我，對吧？」

御書靜靜地看著姜玉，對方知道答案，只是需要有人開口幫忙堅定決心，但她卻決定不說話。

姜玉得不到答案，心裡更是苦，自言自語的喃喃。

「我和姜子牙是雙胞胎，所以我也好想生一對雙胞胎，一個多寂寞，兩個不是很好嗎？」

「我懷孕了，但是失去了，不過很快又得回來了。」

「但有了一個還不夠，又去找出另一個……」

「全都是我太貪心了，我想要雙胞胎，像我和子牙一樣，我想要雙胞胎……」

她轉過身，開口懇求：「御書，妳把娃娃還給我好不好？」

御書淡淡的說：「只要妳願意用另一個女兒來賭這一個，我又有什麼必要阻止妳。」

姜玉沉默不語，也不知道聽懂御書的話沒有，她只是抬頭看著櫃子裡的娃娃。

那娃娃竟落了淚，好似知道姜玉的抉擇，知道自己的下場。

姜玉伸出手，輕輕擦去娃娃的眼淚，溫柔得像是在照料孩子。

「小雪別怕，這一次，我不會再把妳收在盒子裡不願看妳了，跟媽媽回家吧！」

來時單獨一人的母親，回去時，一對母女看起來幸福無比。

御書淡淡地對管家說：「來杯咖啡。」

管家難得地沒有表示反對，直接領命去煮咖啡了。

能力，尤其是強大的能力，一直都是家族遺傳。

擁有真實能力的家族，歷來，從來沒有好下場。

御書喝著咖啡，滿嘴苦澀。

——人娃契 完——

後記

了。

我有點魷魚……不，是猶豫自己到底該不該讓結局開飲料店——充滿了杯具。

其實原本預定是大悲，結果最後只點了小悲不到的微微悲，我果然還是太心軟了。

不過其實我當這個結局是屬於快樂美滿的那一邊，只是我家小編看完跟我說：

「這結局還不錯，一點小小的BE（BadEnding）還蠻合適人娃契的調性。」

等等！我一直覺得這是HE（HappyEnding）來著，結果居然是BE嗎？

我大大的震驚了，連忙跟我家小編澄清這是HE啊！你怎麼會說是BE呢？

「因為最後一句是沒有好下場啊……」

就算最後一句是『沒有好下場』，但未來的事就交給未來去決定，這時候還是HE啊！

就像人總是要死的，難道每個人都是BE嗎？起碼現在活得挺亂七八糟歡樂的不是嗎？

「所以未來的大結局也會是HE嗎？」

……不知道耶，我的心思九轉七十八拐，自己都搞不懂自己，一個主題可以有三種主角八個背景設定九十九名重要配角等著被選，一切等要出書再來決定。

雖然心中往往早就有了結局，不過也可能不小心扭到腳，開槍就打歪了，會中小腿還是中心臟都很難說，你說我怎麼可能知道結局是開飲料店還是開什麼來著。
你知道的，最大的範例就是人娃契本來是恐怖小說啊！
恐～～怖～～小～～說～～喔～～～～
但寫完第一集，我就不懂該把這孩子分類到哪裡去，只好又丟進亂想小說系。
希望大家會喜歡這個從恐怖小說蛻變成亂想小說的孩子。

接下來，幻・虛・真的下個單元是「以神之名」，我好喜歡那個下集預告頁啊，大家不要忘記去翻下集預告頁來看看喔！

順提，小編最喜歡的角色是路揚。（御我揭小編的底揭得不亦樂乎）
我最喜歡的角色不能說，因為說了一個，另一個會吃醋，真是有夠麻煩的兩個傢伙。

BY 御我

後記

幻·虛·真
以神之名——
「我看見天使，但祂在殺人。」

姜子牙從來就不信宗教，
因為眼裡看見的東西總是不斷打破他對宗教的認知，
如果天使不一定代表良善，那麼神又是什麼？
以神之名，說人的話，做魔的事，
神人魔妖最終的分野到底在哪裡？
而我—又是什麼東西？
【幻・虛・真全新系列 搶鮮預告】
御我 著
九月紫 繪

gobooks.com.tw
高寶書版集團

輕世代 FX01002

幻．虛．真 人娃契(下卷)

作　　者　御我
繪　　者　九月紫
編　　輯　王藝婷
美術設計　子語
美術編輯　陸聖欣
排　　版　彭立瑋
出　　版　英屬維京群島商高寶國際有限公司臺灣分公司
　　　　　Global Group Holdings, Ltd.
地　　址　臺北市內湖區洲子街88號3樓
網　　址　gobooks.com.tw
電　　話　(02) 27992788
電　　郵　readers@gobooks.com.tw（讀者服務部）
　　　　　pr@gobooks.com.tw（公關諮詢部）
傳　　真　出版部　(02) 27990909　行銷部 (02) 27993088
郵政劃撥　19394552
戶　　名　英屬維京群島商高寶國際有限公司臺灣分公司
發　　行　希代多媒體書版股份有限公司/Printed in Taiwan
初版日期　2014年3月

國家圖書館出版品預行編目(CIP)資料

幻.虛.真：人娃契 / 御我著. -- 初版.
-- 臺北市：高寶國際, 2013.03-2014.03
冊；　公分. --

ISBN 978-986-185-963-7 (下卷：平裝)

857.7　　　　102004123

三日月